質問　老いることはいやですか？

落合恵子

朝日文庫

本書は二〇一六年四月、小社より刊行されたものです。

質問 老いることはいやですか？ 目次

質問　老いることはいやですか?

69

69歳になったばかりである。実感はまったくない。単なる数字でしかないのだ。「四捨五入したら70だぜ」。そう自分に言い聞かせてみるのだが、やはり実感からはほど遠い、わが林住期。

年代と共に度数が高くなると言われる成熟に向かって、発酵がすすんでいるのか、いないのか。丸くなったり穏やかに寛容になることがその証《あかし》だというなら、「すみません、それらの持ち合わせが少なくて」。

いまや懐かしの存在となったが、点火と共にボッという音がして青いガスの炎が点いて湯を沸かしてくれた、瞬間湯沸かし器。わが家のキッチンから消えて久しいが、わが感情生活ではその後もずっと元気に作動し続けてくれている。むしろ加齢と共に点火から沸騰までの時間がより短縮されたような。たぶんこのまま、わたしは老いていくに違いない。

年末に友人から贈られた植物由来の白髪染め。大晦日に60年代のポップスを次々に流しながら試してみた。きれいに染まったが、鏡の中の白髪が消えたわたしは、わたしが知っているわたしじゃない！　洗い落とそうと慌てた。やはりわたしは、「わたしの69」を生きていくしかないようだ。可能な限り現在の体力を維持しつつ。と言いながら、そのための努力は放棄したまま。

どこまで無理がきくか試してやろうじゃないか！　おもしろがってしまう癖も、まだまだ健在。老いの準備と言われても、特別していない。人生とは、と大上段に振りかぶるつもりも、かといって侮る気もないが、どんなに綿密に準備をしたところで、わたしのようなものができる準備で、対応しうるはずもないだろう。と、最初から白旗をあげて、何もしないことの言い訳にしている。だからいつだって「いま」を生きてきた、というと格好よすぎる。泥縄式、場当たりの日々の連続だ。

快晴の今朝は、耳の奥が痛くなるような寒風の中で洗濯ものを干し終えた。乾燥機が好きではなく、こうして外に干せた日は、それだけで気分がいい。洗濯ものでも鯵《あじ》でも鯖《さば》でもホッケでも天日干し大歓迎。天日に干すとビタミンDが増えるというので、某日、余った生椎茸を大ざるに並べて外に干した。が、すっかり忘れてしまい、椎茸たちは全身ずぶ濡れ。椎茸は傘を持つのに、雨降りには役立たない。わたしが老いの準備をすると、たぶんこういうことになるはずだ。傘はあるのに、傘をさすことを忘れたり。家の中での忘れものや失くしものはしょっちゅう。目を覚ましている間の計30分ほどは探しものの時間である。ったくもう！と叫びながら、いまはまだおもしろがれている。今年もしたい仕事だけをし（したくないものはしない）、ひとつ先の季節を夢見て植物の種子を蒔《ま》き、漬物の糠床をかき回すことも忘れずに……。不穏な政治には異議あり！と声を上げる。

「老いることはいやですか？」。本書のタイトルに対するわたしの答えは……。

「いやではありません」

抵抗と免疫力

風邪がぶり返した。体調を崩して何よりも悔しいのは、ご飯が美味しくないことだ。まさに味気ない。

食事にいのちまでかけるつもりはないが、今日なにを食べるかは、わたしにとって重要事項だ。だって、あと何千回（もしかしたら何百回かも何十回かもしれない）食事ができる？　だから大事にしたい。にもかかわらず、珍しく食欲も落ちている。風邪のせいだ。

以前はひと晩ぐっすり寝れば、翌朝にはけろっと良くなっていた。加齢と共に免疫力も落ちているのだろう、と落ち込み気味のわたしに電話で追い打ちをかけてくれたのは、女友だち。

「落ちてるのは免疫力だけじゃないからね。肌の張りも見事に落ちてる。新聞に載った自分の顔写真、ちゃんと見なさい」

輪郭はあいまいだし、法令線は深くなるばかり、これまた引力の法則でより垂れ目となり、目力《めぢから》がなくなっている、だって。

彼女の言葉に抵抗する気力も体力も共にいまはない。事実だもん。持つべきものは、辛らつなる友人。目を逸らしがちな現実と対面させてくれる。

「何年も前に新聞に書いてたじゃない。アンチ・エイジングに関する限り、わたしはアンチ・アンチ・エイジングだって。他のことには異議あり、反対と噛みついてきたけど、エイジングは素直に受け入れるって啖呵《たんか》切ってたわよ」

啖呵を切ったつもりはないが、確かにそんな風なことを書いた記憶はある。

気がつくと、「アンチ」の日々をわたしは選んできた。原発、特定秘密保護法、基地、集団的自衛権、TPP、改憲、すべて反対、アンチである。

そのわたしにどうしてもしっくりこないのが、「アンチ・エイジング」だ。ここ数年ブームの「美魔女」は確かにきれいだし、若い。それだけの努力もされているのだろう。わたしは、努力する意志を欠如させたまま年をとってきてしまったようだ。主義主張というより、要するに面倒、怠惰の選択である。

種子を蒔いたり、芽が出て双葉が開いた小さな苗を老眼鏡を鼻先にずらしてピンセットでつまみ、育苗床に移す作業はとんと厭わない。どこかの庭に枯れかけた桜草の鉢植えを見つけたら、塀を乗り越えてでも水やりをしたくなる衝動を抑えるのに、いまでも苦労するのだが。

昨夕、久しぶりに食事をした別の女友だちから、数日遅れの誕生日のプレゼントをもらった。

「あなた、頬の上のほうに縮緬皺《ちりめんじわ》が増えているよ。ためしてみたら?」

チューブ入りの、目の周辺のケアのためのアイクリームだ。それまで抵抗、拒否する気はないから、いただいた。縮緬じゃこに大根おろしは大好物だが。

アンチと言ってきたわたしだが、加齢に関しては、「無駄な抵抗、したくありません」である。

理由は、そのほうが楽。楽しいと読んでも、ラクと読んでも可。

せっかくのアイクリームは、使わせてもらっている。

朝方来たひと

すでに見送ったひとの夢を見ることがある。

もっとたびたび夢に登場してと願うのだが、愛しいひとたちは、遺していった者たちの望み通りには現れてはくれない。

「もう、自由にさせてよ」とでも言っているかのようだ。

先日も、眠りと目覚めが交差する柔らかな縁のような僅かな朝方の時間、母が久しぶりに夢に登場してくれた。酷《ひど》い風邪からようやく回復しかけた頃だった。

「風邪を引いた時、子どものわたしに、母はよく林檎《りんご》をすってくれたな。すった林檎をガーゼで漉《こ》して……。風邪がよくなる頃、郷里の裏庭の物干し竿には、林檎の汁のあとがうっすらと染みたガーゼが揺れていたっけ……」

そんなことを思い出しながらうとうとしている時、母は糊がきいた白いエプロン姿で現れた……。

年をとるということは、見送るひとが多くなるということでもある。

きわめて親しいひとはむろんのこと、本やスクリーン、CDの中で一方的に親しんできたひとたちであっても、訃報に接するのは悲しい衝撃である。

母の夢を見た1週間前には、大好きな女友だちと夢で再会した。相変わらずわたしたちは夢の中でも議論していた。熱いひとだった。真っ直ぐなひとで、そのためにきついと誤解をされるところもあった。彼女のその真っ直ぐさを、わたしはとても愛していたが、本人にそのことを過不足なく伝えられただろうか。自信はない。

遺された者はいつだって、伝えたかったのに伝えきれなかった数々の悔いの断片を、抱えて生きていくしかない。

詩人の長田弘さんの作品に、わたしたちが体験できる死は他者の死でしかない、というようなフレーズがあったと記憶する。まさにそうだ。自分の死を自分で体験できないことは、ちょっとばかり理不尽な気がするが。

母を見送って1年ほどたった深夜。ほんのりと微笑む彼女の写真をぼーっと見ていた時、母にとって死は「もうひとつの解放」だとリアルに思った瞬間があった。

それは、わたしがようやく母の死を受け入れることができた瞬間であり、同時に着地であったかもしれない。

およそ7年の介護の日々。認知症も併発し、言葉も失いがちな中で、それでも母は「こっち」側で踏ん張っていてくれた。その踏ん張りからも彼女は「解放」されたのだ……。死に続く手続きや手配、儀式のすべてを終えて、喪失の静かな悲しみに全身を明け渡すことができそうになった頃、「解放」という概念を迎え入れ、納得することができたのだ。

もうひとつの解放。もうひとつという意味は、生きている間もひとは解放に向けて闘い続けている場合が多いからだ。意識的であろうとも無意識であろうとも。

こうして、多くの愛するひとたちを見送り、気がつけば、「今度はわたしの番だな」。

そう思うわたし自身が、いま、ここにいる。老いが、心身に沁みてきたのか。

「ゴーゴー！」

わが家のプランターでは、水仙が次々に蕾《つぼみ》をつけている。水仙の蕾を見ると、小学生の頃の習字を思い出す。「希望」とか「明日」とか「夢」とか、たっぷりと墨汁を吸い込ませた太い筆で一気に書いて、乾くのを待って左横に何年何組落合恵子と小筆で書き添えた。

水仙の蕾はその小筆の先っぽに似ている、と毎年この季節になると思う。習字で「希望」と書いたあの頃、わたしはどんな「希望」を抱いていたのだろう。「明日」と書いた時、わたしはどんな「明日」を夢見ていたのだろう。ただただぼーっと日々を迎え、見送っていたような。

誰の言葉だったかは忘れたが、年を重ねることによって、ひとは「明日こそ、きっと」と夢見ることから解放される……。そんなフレーズがあった。叶わぬ夢を見続けるのも確かにエネルギーを要することではあるけれど、加齢は必ずしも夢を奪うものではないという実感も一方にはある。

　年齢を重ねることで見えてきた景色から、また新たな夢を紡ぐことも可能だ。学生時代の友人のひとりは、定年退職後に油絵を始め、いまでは定期的に個展を開いている。静かな深い絵だ。定年より数年早くに広告代理店を退職した友人の夫からは、「普段使いにしてください。和洋どちらにも合うはず」というメッセージと共に、自分で焼いた見事な大皿が届く。始めて7年になるという。

「そんな余裕などないよ。まだまだ働かなくちゃっ」という酒屋の店主は、父親から譲られた店舗を改装する夢に向かって走り続けている。「この棚をこうして、あっちに障子を入れて」。彼の設計図には日に日に新しい備品が増えていく。

　60代になったら東京を離れ、捨てられた犬や猫たちと一緒に暮らす。そう宣言していたわたしもまた、その夢は捨てずに、けれど東京暮らしを続けている。他の幾つかの夢と共に。

　去年の暮れに東京ドームであったザ・タイガースのコンサートのＤＶＤを観た。テレビ番組を録画して友人が持ってきてくれたのだ。その彼も出版社を定年より少し前に退職し、現在は郷里と東京を往復しながら、ハンナ・アーレントなどについての「調べもの」と資料集めをしている。語らない「夢」が、彼にもありそうだ。

さて、ＤＶＤのザ・タイガース。メンバー全員が揃ったコンサートは感動もん。『僕のマリー』も『花の首飾り』もいいが、『シーサイド・バウンド』では一緒にＤＶＤを観ていた同世代と、気がつくと「ゴーゴー！」と合いの手を入れていた。カメラが時々会場を映す。東京ドームを埋めた中高年が体を揺すり、腕を高々とあげて、「ゴーゴー！」。

白髪になったタイガースのひとりひとりもなかなかいい。「当時と変わっていない」を見つけても、「変わったな」を発見しても、どちらも心に迫る。このコンサートのために上京した友人もいる。

「細身のジーンズは辛いから、ウエストにゴムが入ったやつで行った」と彼女。

人生、お楽しみはこれからだ、である。

雪だるま

イテッ。ちょっと姿勢を変えるたびに、節々が痛い。上腕部や腰が特に。

数日前の雪かきのせいだ。

この年代になると、痛みはすぐにはこない。

「おっ、痛くない。まだまだイケル！」

いい気になっていると、翌日の後半、あるいは翌々日の朝あたりからイテッ。

書棚の上のほうから本を抜き取ろうとした途端、棚の食器に手を伸ばした瞬間、イテッ、イテッの連続である。

雪が多いところで暮らすひとたちはなんとヤワなと思うだろうが、わたしが暮らす東京というこの地方では、10センチの積雪であっても「大雪！」。

雪が降った翌日。

珍しく子どもたちの歓声が朝から近隣に響いた。せっせと雪だるまを作る声だ。

日曜ということもあって、雪かきのために外に出てきた大人たちも加わった。お年寄りも毛糸の帽子を目深にかぶって、顔を出す。こういう風に「お年寄り」と書く時、わたしは自分が「お年寄り」と呼ばれる年代であることを、困ったことに忘れている。

久しぶりに長靴をはいて、雪の上をそろそろ歩いてみた。そろそろ歩きが面倒になって、大股で歩いて、道路脇の少し固くなった雪の上で勢いよく転倒した。「できるだけ歩幅を狭くして歩くことです。かかとからではなく、爪先から地面に足を着けてください。かかとから足を着くと、滑りやすくなります、ご注意ください」。朝のニュースで、雪の上の歩きかたを伝えていたのに。

夕方に通りを見てみると、2メートル近くもあると思われる大きな雪だるまが威風堂々といった感じで、こっちを見ていた。昼時より大きくなっているのは、さらに手を加えたひとがいたのだろう。誰が持たせたのか、雪だるまの胸のあたりに小ぶりな林檎がひとつ。雪の白さと赤い林檎はよく似合う。

郷里でわたしが雪だるまをせっせと作っていた頃、簞笥《たんす》の上にあった古いラジオから流れていたのは『リンゴの唄』。歌っていたのは並木路子さん。

3月10日の東京大空襲。火の手から逃れて一緒に隅田川に飛び込んだ母親は亡くなり、並木路子さんは助かった……。その事実を知ったのは、戦後の歌謡史について調べていた頃のこと。母親を助けることができなかったご自身を、並木さんはずっと責めておられたという。

敗戦直後のこの国に明るい歌声を響かせた彼女もまた、戦争に愛するひとを奪われたひとりだったのだ。♪赤いリンゴに　くちびるよせて……

雪だるま作りに熱中していた子どもたちはもちろんのこと、その親の世代もまた、『リンゴの唄』をすでに知らないかもしれない。

朝な夕なに

「いつまでも若い」と言われることに、執着はない。加齢は、ある種の解放感をもたらしてくれる。

けれど、年を重ねていくことが悲しみとは無縁になることでもない。どの年代にも、どの人生にも、それぞれの悲しみはある。

そして加齢に伴って増えてくる悲しみのひとつに、喪失のそれ、ひとを見送ることがある。もしそうと呼んでよければ、逃れることのできない「天からの贈りもの」である。

ごく身近なひとは無論のこと、本や画面や歌声を通して、今日を明日につなぐ初々しい弾みのようなものを贈られてきた人の訃報は……。しみじみと悲しい。悲しいという以外になんと言えばいいのか。

詩人の吉野弘さんが亡くなった。平易な言葉で市民の暮らしの、ある瞬間、ある場面、あるすれ違い等を切り取って示してくれた深い叙事詩は、いつ読んでも心に響いた。

わたしには、一日の終わりに読みたい詩と一日の始まりに読みたい詩がある。吉野さんの詩は一日の始まりでも終わりでも、また、始まりと終わりとの間に存在するどの時間でも、読み返したい詩だった。

一編の詩の中の数行を上等な薄荷飴《はっかあめ》のように口の中で転がし、飲み込む時……。一日の始まりなら、淡く茜色に染まった、まだ何も描かれていない白い一日を思う。一日の終わりに、その詩に接すると、こう思わせてくれる。

「とにもかくにも今日は終わった。明日は来てみなければわからないじゃないか。明日が運んでくるかもしれない負の記号を数えあげるのはやめよう。だから、おやすみ、今日のわたしよ」と。

吉野弘さんが娘さんのおひとりをうたった『奈々子に』を何度読んだことだろう。

人生の「酸っぱい思い」をすでに何度となく知ってしまった大人として、赤い林檎の頬をして眠る小さな娘に、詩人であり父であるひとはうたう。父はお前に

「多くを期待しないだろう」と。

なぜなら、「ほかからの期待に応えようとして」、自分を駄目にする場合を「お父さんは　はっきり／知ってしまったから」。

父が最愛の娘に贈りたいものは、「健康と／自分を愛する心だ」。

「ひとが／ひとでなくなるのは／自分を愛することをやめるときだ」。そのとき、

「ひとは／他人を愛することをやめ／世界を見失ってしまう」と。

さらに詩人は続ける。

「自分があるとき／他人があり／世界がある」と。だからこそ、あげたいものは、

「香りのよい健康」と「自分を愛する心」。

その「自分を愛する心」を詩人は「かちとるにむづかしく／はぐくむにむづかしい」が、と記しておられる。

年をとったら尚更のこと、詩人が言う意味における「自分を愛する」心は必要なはずだ。

それをかちとれたか？　はぐくんでいるか？　わたしよ。

マンゾク

朝一番に飲むのが人参ジュースだ。

人参3本、林檎4分の1程度、皮つきレモン少々。あとは余り野菜、小松菜やキャベツ、パセリなども一緒にジューサーにかけて、グラスに1杯飲む。

時間がないときは、缶入りのものにするが、フレッシュジュースはやはりしみじみと旨い。子どもの頃、人参の甘さが苦手だったのが信じられない。

東京・表参道で子どもの本の専門店クレヨンハウスを始めて今年、2014年で38年、大阪・江坂は23年。有機食材のスペースを併設して22年になる。八百屋付き専門書店である。本や食べ物、オーガニックコスメなどはすべて自分のところで賄えるし、特に食材は、どこの誰が作っているのか、生産者のそれぞれの顔が比喩ではなく、即座に浮かぶ。

みな、実にいい顔をしているのだ。「自然派」ではなく、まさに自然と共に、丸ごと対峙して暮らしているひとたちである。その表情が深い。確かな顔つきをしているのだ、男も女も。

そりゃそうだ、敢えて有機の農産物に取り組んでいるのだから。

それが何であれ、自分の暮らしに「敢えて」の部分を据えているひとがわたしは好きだが、彼らは暮らしのほとんどに「敢えて」を据えている。覚悟ができた、いい顔になるはずだ。覚悟とは、他の誰とでもなく、自分との約束ではないだろうか。

ミシュランの星の数で、店を選ぶような習慣はわたしにはない。というか、そこまでその手の情報を追求したいという情熱が欠如している。

情報は決して規制されてはならないが（特定秘密保護法、反対！）、同時に情報は選ぶものでもある。

誰が？　わたしたち自身がである。

市民が自由に充分に情報に接して選択するためにも、規制されてはならない、と言い換えることも可能だろう。

とにかくわたしはミシュランやその他、権威と呼ばれるものの食情報はパス。

この年代になると（だと思うのだが）、自分が作るものが最も美味しく感じる。自分の味覚にあうのだ。

行きつけの店のカウンターで、他の客には出さないレアものをこっそり出してもらってマンゾク、という気もわからないではないが、ちょっと恥ずかしい。ちょっと嬉しいと感じるかもしれない自分が、ちょっと恥ずかしいのだ。だから、店の主と親しくなり過ぎたかな、と意識した時点で、申し訳ないが、行く回数が減ったりする。カウンターで、あれこれ食べものの講釈をしたがる客が多い店も、気が重い。

しかし、あと何十回、あと何百回、わたしは食べることができるか。そう考えると、熱意をこめて今日の食材を選び、けれどきわめて簡単に調理する。有機の食材は特に、簡単なほうが美味しい。

昨夜は、ニラとモヤシとニンニクの茎と豚の三枚肉の炒めものと鰆《さわら》。菜の花のおひたしとフキノトウの油味噌炒め。玉葱《たまねぎ》とジャガイモの味噌汁というメニューだった。マンゾク！

99歳

新大阪から乗った新幹線が名古屋に停まり、いま発車したところだ。新大阪発で、それも平日ということもあってすいていた。

2011年3月11日から丸3年。このエッセイを読まれる頃にはメディアは3・11特集で埋め尽くされているに違いない。それはそれでいい。が、わたしたちは、あの日とあれからの日々から、何を、どう、学んだのだろう。政府は原発の再稼働を急いでいる。2月の末にも4号機の使用済み燃料プールの冷却装置が4時間半も止まった。わたしたちはこれからもずっと、この崖っぷち暮らしを続けるのか。いのちの綱渡りを、子どもや孫の世代にまで押しつけていかなければならないのか。

この国の命運をかけて、原発の現場で働く人々、その家族は？　いまもって郷里に戻ることのできない人々は？　留まった人々は？

ペンは剣よりも強し、という英語の格言を習ったのは、中学生の頃だったか。ペンは剣より強いものであってほしいと心から願うけれど、どうもそれは、ペンを信じたいものの願望ではないか、という無念な思いも心の片隅にはある。昨今のペンはそれほど強くはないようだ。

それでも、99歳のジャーナリスト、むのたけじさんにお目にかかると、「いや、そんなことはない」と背筋が伸びる感覚を贈られる。昨年からお目にかかる機会が増えている。

その、むのさんの『詞集たいまつ』には次のような言葉がある。

「理想を持たないためにほろびた民族はあるが、理想を持ったためにほろびた民族はない」

3・11以降、悲しみと喪失の中からようやく素手で紡いだ理想は？　志は？わたしたちの国は、どこに向かおうとしているのだろう。

むのさんが2013年に刊行された『99歳一日一言』には、次のような言葉もある。

「喜怒哀楽は、どれをも存分に発揮せよ。／それらはみんな生命を育てる信号だ。

／産声は喜怒哀楽の第一声だ。（中略）生活力が満ちているから怒る。／怒れない友を私は持たない」

あるいは、こんな言葉も。

「朝から晩まで喜び続けた一日はなかった。朝から晩まで泣き続けた一日もなかった。（中略）だからこそ一日一日を大切に生きなくてはいけないのだ。そう自分に自分で言い聞かせている自分に喜びと誇りをおぼえる」

99歳のむのさんは、今日も憤り、今日も大声で笑っておられる。69歳のわたしも憤っている。しかし笑うことは減ったなぁ。

われら、この国の老人たちよ。70年近く戦争とは無縁だったこの社会を維持すべく、よく考えよう。考えたことを声にして、話そうではないか。集団的自衛権を使える国に、本当にしたいのか。

京都から乗ってきた若い母親と幼い男の子。男の子は靴を脱ぎ、水色のソックスでとっとっ、と揺れる車内を歩いている。

あの愛らしい盆の窪を、泣かせてはならない。

（むのたけじさんは、２０１６年8月に逝去）

ワン！

歩いていても車の中からでも、犬を見かけるともうお手上げ。その姿が見えなくなるまで目で追っている。

見事なグレート・デーンのあとをついていって、約束の時間に遅れたこともある。信号待ちの交差点で目が合ってしまったのだ。やつはわたしを確かに誘ったのだよ、「ついてくる？」って。誰が抵抗できようか。

少し陽気がよくなった昨今、朝や夕暮れの時間に外にいると、嬉しくもヤバイ。あっ、柴犬がやってきた。きりっとしたいい顔してるね、きみは。Ｏｈ！　黒のラブラドールだ。お父さん犬、北海道犬も。緑の首輪が似合うよ。コマーシャルの中の「お父さん」は赤い首輪だが、真似をしていると思われるのはちょいプライドが許さず、きみは緑の首輪にしたんだね。

赤茶の飾り毛を風になびかせて行くのは、アイリッシュ・セター。などと振り返り振り返り歩いていて、電信柱と正面衝突。久しぶりに真昼に星を見た！

『週刊朝日』でいつも一番に開くのは、「犬ばか猫ばかペットばか」の頁。ニヤリとしたり涙腺ゆるませたり、うなずきながら愛読している。どの犬も猫も、たっぷりと愛されているのが、短い文章と写真の表情からも伝わってきて、わたしもしあわせな気分になれる。

わが家にもゴールデン・レトリーバーのバースがいた。男の子だ。杏《あんず》形の大きな垂れ目。額の真ん中がちょっと窪んでいて、それがまた素敵だった。出かける時は玄関まで送りに来る彼の、その窪みにキスをした。口紅をつけていると（わたしがだ）、彼のベージュ色の額の窪みにほんのりと色が移った。

生後40日でわたしのところに「来てくれた」。そう、来てくれてありがとう、である。

そうして、あと2か月で13歳の誕生日を迎える秋の朝、死んでしまった。

わが家にはどの部屋にも彼の写真がある。仰向けになってパンパンのおなかを見せて眠っているのは、生後3か月の頃。あの頃は、ドッグフードを犬用のミルクでふやかして離乳食にしていた。

誕生日に上等なステーキを焼いたが、ぺっ、一口食べて、出してしまった。もったいないから、改めてニンニクと塩胡椒で味つけをして、わたしが食べた。

母を介護していた頃、午前2時頃と5時頃に、母の部屋に来て、ひょいとベッドを覗き、変わりはないですね、とでも言うように自分の寝床に戻っていったバースである。

母より先に彼は死んだが、当時認知症の初期の中にいた母に「バースは？」と訊かれ、とっさに「お散歩」。娘は嘘をついた。夜になっても散歩から帰らないことを、母はどう理解したのか。

体重43キロ、立ち上がると、わたしの鼻をペロリと嘗《な》められるほどの大きな存在がわが家から消えて11年。もう一度だけ犬と暮らしたいと思うが、自分の年齢を考えると……。

バースが置いていってくれた、どれもが美しい記憶の中で彼と遊ぶしかない。

ワン！

偶像待望社会

事件となるまで、恥ずかしながらわたしは、「現代のベートーベン」について知らなかった。STAP細胞についても同様だ。

昨日の「偶像」が、今日は「落ちた偶像」と化す……。このところ、そんなことが続いている。

昨日は偶像を大映しにして讃えたメディアが、今日は落ちたそれへのバッシングに精を出す。決して楽しい場面ではないけれど、多かれ少なかれメディアにはこういった側面があることを、わたしたちは覚悟しておいたほうがいい。むろんメディアを、敢えて言ってしまえば、「育てる」のも受け手であるわたしたちなのだが。

英国の作家グレアム・グリーンの短編小説。作者自身が脚本にもかかわり、キャロル・リード監督で映画化もされた（『落ちた偶像』）。日本では50年代に公開されたようだ。

余談ながら、前掲のふたりは、『第三の男』でもコンビを組んでいた。こちらはテーマ曲をよく覚えている。家の古びた簞笥の上のラジオから、アントン・カラスのチターで流れていた。小学生の時のフォークダンスもこの曲に合わせて、ではなかったか。

とまれ、社会はいつだって「偶像」を待っている。その社会を構成しているのは、他でもないわたしたちひとりひとりだ。

準備はOK、いつだって感動できるよ、熱狂できるよ、と。現実の暮らしが重たければ重たいほど、偶像を待望する潜在意識は強くなるのかもしれない。この前、大笑いしたのはいつだった？

閉ざされた日常に風穴を開け、充満したガスを一気に抜いてくれるもののひとつが、偶像の出現である。

「ここに、こんなひとがいた！」

感動と熱狂。偶像に飛びついたからといって、わたしたちは責任をとらされる心配はないし、とがめられることもない。偶像ははるか遠くにいるのだし、わたしたちの暮らしを破壊する恐れもない。だから、心配無用の「飛びつき」、「食いつき」である。

そうして、その偶像が何らかの理由で「落ちた偶像」になる過程、それぞれの瞬間もまた、大方のわたしたちにとっては、エンターテインメントだ。自分の身内でも友人でもない、だから飛び火を不安がることもない。眉をひそめつつ、落ちていく過程をどこかで「楽しむ」余裕さえある。

わかっている。どこか歪んでいる。「受ける」=「売れる」を無言の合言葉に、業界は一時《いっとき》慎重になりながらも、すでに、次なる「偶像」探しを始めている。メディアも多くのわたしたちも、再びそれに飛びつく準備はできている。

この年代になるまで、こういった「騒動」を受け手として、どれほど体験してきたことか。なんとも悲しく滑稽で、そして恐ろしくも醜悪なこの「偶像待望社会」。

あの、ヒトラーだって、市民に熱狂的に迎えられた「偶像」だった。なんか時代が似ているような……。

今夜、泣きたいひとに

気持ちのいい涙を積極的に流したい、たまーにそう思う夜がある。どう言ったらいいのだろう、ちょっと気恥ずかしいもの言いになるが、こうして生きていること、それ自体にしみじみと涙を流したい……。そんな感覚だ。

2011年の3月以降、反原発をはじめとして様々な集会やデモに参加する機会がはるかに増えた。その場でスピーチをすることも多い。そんな時は、会場に辿り着くまでに意識的にテンションを限界まであげておく。そうでなければ何千、何万というひとを前に、とてもじゃないが言葉を発することはできない。閉ざされた空間での講演とはまた違った緊張がある。

屋外でのスピーチはだいたいひとり5分程度。大江健三郎さんや澤地久枝さん、時には上京される瀬戸内寂聴さんたち大先輩とご一緒だから、緊張の水位はマックスに。

敢えて言ってしまえば、「正義」とは時に、その熱さゆえにひとを疲れさせるものでもある。だから、言葉の選択にも苦しむ。たかが5分、されど5分だ。そんな日々が続くと、身体も神経もゴリゴリに凝ってしまう。

集会やデモにどれほどの効果がある？　そんな声があるのも知っているが、効果が見込める時だけ、わたしたちは立ち上がるのか？　そんなケチな闘いはしたくないもんね、と鼻息荒く思う。体じゅうのすべての筋肉が硬く縮んでいる状態をどこかで緩めなくてはならない。そこで、涙である。湿気過多はいやだが、たまにゃあ、気持ちいい涙を流す自分を許容してやる。だから泣けそうな古い映画を再度観たり、これまた泣けそうなCDを流す。そして深夜。「スタンバイOK。流れていいよ」と、涙にキューを出すのだ。

最近では、若き日のバーブラ・ストライサンドとロバート・レッドフォードの『追憶』を観て、気持ちよく泣けた。すでに何度も観ているのだが、そのたびに泣ける作品のひとつだ。彼女が歌っているテーマソングも震えるほどいい。『The Way We Were』。わたしたちがいた日々、というような過去形の意味だろう。

リベラル風味はするがノンポリ風レッドフォードとラジカルなバーブラは大学卒業後に再会、恋に落ち、結婚。しかし破局。時を経て偶然の再会を果たした時、彼は脚本家として成功し、彼女は相変わらず核兵器反対のビラ配りをしている……。そこに『The Way We Were』が流れるのだ。

♪……散らばった（記憶の）絵（写真）には、私たちが置き忘れた微笑が。若かったあの頃、人生はこんなにシンプルだった？　それとも過ぎ去った日々が一行一行を書きかえてしまったの？　もう一度やり直すことができたら、ねえ、やり直したい？……と稚拙な訳をつけてもこの歌詞の素晴らしさを伝えることは不可能、諦めた！　ご興味のあるかたは、インターネット配信で、観て聴いていただきたい。今夜、泣きたいひとにお奨め！

喧嘩、売る気かよ

「これはサベツだ！」

そう叫びたくなる瞬間がある。商品の説明書や注意書きの、文字の小ささに対してだ。読めないのだよ。

消費者の中には、わたしのように老眼も、視力が弱いものもいることをメーカーは知らないのだろうか。罌粟《けし》粒ほどの小さな黒い点（としか見えない）を、どうやって読めというのか。

老眼鏡をかけて、さらにルーペまで持ち出しても、文字の輪郭さえ不明のまま。これじゃあ、注意書きの用をなさない。

愛用のオリーブオイル。瓶の裏側に貼ってある注意書きもまた然り。「使用上の注意」の文字まではなんとか読めるが、その後に続くポイントを落とした十数行がまったく読めない。

ドライハーブや香辛料が入った瓶に貼ってある注意書きも、花の種子が入った袋の裏側の説明も読めやしない。やっと見つけた使い勝手がすこぶるいい亀の子束子《だわし》。これも「使用上のご注意」以降の文字が、判読不明。注意書きとは、メーカーから消費者への大事なメッセージであるはずだが。

パソコンや電気製品の分厚い説明書となると、文字の小ささもあって、読むことを断念。

「老眼は相手にしない」と喧嘩売るつもりか？　よろしい、その喧嘩、買った！　喧嘩は買うが、そんなに不親切な商品は買わない。と啖呵を切りたい気分だ。

3月も終わりの夜。久しぶりに女友だちと食事をした。コスメーカーのロゴが印刷された紙袋を彼女は持っていた。

「だって、消費税が8パーセントになるから」

だから多めに買ってしまったという。

「増税に反対しながら、結局はこうして消費に貢献しているんだよね、悔しいことに」

「そして、わたしたちは無意識のうちに増税に慣らされていく……」

これでいいのか？　わたしを含むコクミンよ。

消費増税と注意書きの文字を一緒にはできないが、両者とも辿り着くところは「諦め」、しかないのか。

文字の小さな注意書きがついている商品は、たったひとりの、密やかな不買運動も、そうと望めばできる。「買わないもんね」。同じトーンで、「出て行くもんね」と、クニには言えないところが無念だ。と、腹を立てつつ、ため息つきつつ、原稿を書いているわたしの顔にはいま、彼女からもらったパック用マスクがピタッ。目と口と鼻の穴のところをくりぬいたシートだ。しかし、何分ぐらい貼りつけておくのか。どれくらいしたら剝がしていいのか。その後は洗顔するのか、そのままでいいのか。その注意書きも読めない。

真冬の向かい風にも真夏の直射日光にも無防備に晒してきたこの顔。決してヤワではない。「強面《こわもて》」は、ま、適当でいい。けれど増税のほうは適当に、とは到底言えない、と腹立ちの夜は更けていく。

小旅行

夕暮れから夜までの時間が長くなった。

いまは引っ越してしまったが、子どもの頃から暮らしていた街を、その時間帯に歩いてみた。近くで予定より早く仕事が終わったので、ふっと歩いてみる気になったのだ。

祖母がいて母がいて、わたしは小学生だった。わが家から子どもの足で5、6分のところに駅前商店街があった。その通りのど真ん中に大きな魚屋があって、その場で魚をおろしてくれた。角を曲がったところには、これも大きな八百屋があった。スーパーやコンビニなどない時代のことである。

銀行勤めをしていたおにいさんが、その八百屋のあとを継ぐことに決めて挨拶に来たのも、この季節だったかもしれない。彼の新婚の妻は銀行の同僚だったはずだ。

「いいわ。お客さんと話をするの、大好きだから」

懐かしい街をそぞろ歩いていると、古いアルバムをめくるように、あの日、あの時が甦ってくる。線ではなく、点の記憶である。

子どもの頃からお世話になった小児科の女性医師の医院兼自宅。就職してからも、わたしはこの小児科のお世話になっていたが、医院を示す看板は消えている。

30年も前。わが家の私道の両側にある細長い庭に、季節の花々の間を埋め尽くすようにアマポーラが一面に咲いた春があった。オレンジ色の罌粟《けし》の一種だ。夜遅くに帰宅したわたしは、アマポーラが咲く片隅にしゃがみこんだ黒い影を見つけて後ずさった。小児科医の彼女だった。

「この花を見ると、彼を思い出して」。彼女の夫はその年の春が来る前に亡くなっていた。ふたりで訪れたスペインの思い出がその花だという。わが家のそれも、彼女の庭から飛んできた種子で咲いたものだった。

小道を照らす薄い明かりの中でも、彼女の頬は確かに濡れていた。何か言わなければと焦りながら、わたしは結局何も言えなかった。いまなら、何か言えるだろうか……。年を重ねても、あるいは年を重ねれば重ねるほど、言えない言葉は増えていくものかもしれない。しゃがみこんだ小さな影が、まるで昨日に観た映画の一場面のように還ってくる瞬間。

駅前商店街の甘味処。祖母と東映映画など観た帰りに、蜜豆や心太《ところてん》を食べた。通りに面したガラスケースには、美味しい手作りの海苔巻きや稲荷寿司が並んでいたあの店。

「創業昭和31年」とある、店は健在だった。１９５６年、わたしは11歳だった。ここでずっと、こうして続けてきたのだ。１９５６年といえば、ホッピングが流《は》行《や》り、脱水装置付き洗濯機がヒットした年だという。

夕暮れの時間が終わって夜がやって来た街で、わたしの小旅行は終わった。お土産はもちろん、干瓢《かんぴょう》巻きと白胡麻が利いた稲荷寿司。

格闘と葛藤

快晴の火曜日の午後。

クレヨンハウスのアウトテリアにあるテーブルで、コーヒーを飲んでいる。直射日光が苦手なひともいるが、わたしは平気。タフな肌に感謝である。頬には遠い遠い夏の懐かしい記憶が、シミやソバカスになって残ってくれている、らしい。が、老眼鏡を外してしまえば、鏡と対面しても、自分には見えない。これはこれで加齢からの、心優しい贈り物と言えなくもない。たまーに気合を入れて鏡に向かう時は、これまた老眼鏡を外しているから、自分の顔に点在するものもはっきりとは見えない。

こんなもんだよ、ジンセイは、とご機嫌で今日も陽の光を浴びている。

コーヒーカップと並んでテーブルの上にあるのは、大きめの霧吹き。中には水で薄めたお酢が。

足元には培養土や赤玉土の小粒、挿し芽用の鹿沼土、パーライトやピートモス等、大袋入りの用途別の土や園芸用具の数々。

建物はだいぶ古びてきたが、植物は元気だ。この季節、去年の晩秋から咲いてくれているビオラやパンジー、スウィートアリッサムやノースポールなど春の花が最後の饗宴の時を迎えている。くすんだ壁などが背景になって、むしろいい感じだ。この時期、わたしが最も夢中になるロベリアも、蝶々形の紫や藍の小花をつけてくれている。

こうして、ぼーっと季節の花々を見ていると、憤りも憂いもしばし棚上げできそうな。連休が終わるまで、このまま持たせたい。裏手では、初夏からの花たちが出番を待っているが、せめてあと1週間、名残《なごり》の春の中で、存分に咲かせてやりたい。と書いて、「咲かせる」のではなく、咲いてもらいたいと訂正。最後まで存分に。そう、花は自ら咲くのだ。

ハンギングバスケットも入れると、大小様々なプランターが300個以上はある。

先週から、アブラムシが大量に発生。霧吹きの中の薄めたお酢は彼らにかけるものだ。「彼女ら」もいるだろうが。有機の野菜も扱っているので、殺虫剤は使いたくない。それで、お酢を霧吹きでかけて、「窒息」させるという方法をネットで調べた。

アブラムシは黄色系のパンジーやビオラ、キク科のノースポールなどが好みだという。いま咲いているのは、去年の晩秋に植えつけたもので、冬を控え、できるだけ明るい色をと黄色やオレンジ色を中心に寄せ植えにした。

従って、アブラムシが好きな色ばかりだ。見れば、茎にも花びらの裏にも、薄緑の小さなぷっくりとした虫が、わ、わ、わっ、わー、みっしり！

フェンスの周りに植えた、ワイヤープランツ。この春に伸びた新しい蔓《つる》にも、わ、わ、わっ、わー。アブラムシにしてみれば、窒息は苦しいだろうが、許せよ。

さて実行に移すか。

元気でいれば来春もまた、わたしはこうしてアブラムシと格闘し続け、時に「許せよ」という葛藤をも引き受け続けることだろう。シミの類と葛藤する気は毛頭ないが。

一日の終わり

デパ地下の食品売り場。添加物無使用とうたった漬物店で、糠漬け各種を買った。と、隣の揚げ物の店で買い物をしていた女性から声をかけられた。落合さんですね？

「新じゃがのコロッケと一口カツを買ってしまいました。今日は料理をしないと決めたんで」と彼女。そういう日って、あるよなと納得。

50代半ばぐらいの、ショートカットが似合う彼女はふっと笑いながら、

「今頃、夫はキャベツの千切りやっています」

揚げ物、ゲット！　キャベツの千切り急げ、と彼女はすでにケータイで連絡済みなのだろう。

「糠漬け、買われたんですよね」

そろそろ美味しい糠漬けをと、キットを準備。試し漬けをしていたのだが、連

休の憲法集会などが重なって、あっ、忘れた！　糠床をかき回すのを。気づいた時には、糠床の表一面に白カビが。かき回せない時は、糠床の表面が白くなるほど塩で覆うといいと何かで読んでから実行していたのだが、今回はそれも忘れた。カビが生えてしまった糠床の今後についてはこれからのテーマとして、今夜はどうしても糠漬け、食べたい。舌も胃袋もすでに糠漬けモード。今更なだめ、抑えこむことは不可能で、仕事帰りにデパ地下に直行。

「落合さんもデパ地下、利用するんですね。有機のお店してるんですよね？」

言われてしまった。クレヨンハウスには、有機食材の店もある。言い訳じゃあないが、普段はそこですべての食材を仕入れ、自分で料理をするのが何よりもの気分転換になっているのだが。

「たまには、デパ地下も楽しいですよね」

彼女、なにがなし慰め顔で言ってくれる。

「おつれあい、キャベツの千切り、お得意ですか？」

「それが、わたしより上手なんですよっ」

幸せなふたりだ。なんだかわたしまで嬉しくなる。

さて、その夜のわが家のメニューは、大好きな大皿にメインディッシュの糠漬け各種。鮭を焼いたもの、自己流の出汁《だし》巻《まき》卵、たくさん作って冷凍しておいたヒジキ豆、豆腐と葱《ねぎ》の味噌汁、玄米、昨夜の残りのチキンカツを玉葱を加えて甘辛く煮たもの。以上、食べすぎだよなー。

遅すぎる夕食を終えてから、ずっと気になっていた観葉植物の鉢をそれぞれ一回り大きなものに植え替え始めたが、未完のまま午前三時。続きは明晩に。

一日の終わり、古びた木製のロッキングチェアに長々と伸びて、レイモンド・チャンドラーのハードボイルドや、サラ・パレツキーのミステリーなどを読み返す……。そんな日はなかなか来そうもない。チャンドラーが生み出した私立探偵フィリップ・マーロウの、あの決め台詞をつぶやいてみる。……男はタフでなくては生きてはいけない。やさしくなくては生きている資格がない。タフの前に「女も」と、著者訳者に許可なく、入れさせてもらったが、それが実感。

山田洋次監督に質問

『小さいおうち』に託された思いは？

落合　山田監督の新作『小さいおうち』、ファンの方には申し訳ありませんが、お先に拝見いたしました。前作の『東京家族』の一場面の中に、今回の映画にも使われたバージニア・リー・バートンの絵本『ちいさいおうち』が登場するのですが、今回の作品を意識されていたからなのですね？

山田　次にこの『小さいおうち』を撮ると決めていたから、チラッと紹介したんですよ。クレヨンハウスで撮らせてもらってね。

落合　『東京家族』と今回と2回も使っていただき、ありがとうございます。今回は中島京子さんの小説『小さいおうち』が原作ですが、お読みになりながら、それぞれの場面が鮮明に浮かんできたのですか？

山田　そうですねえ……。リー・バートンの有名な絵本は、ぼくの子どもが小さい時に買ってやって一緒に読みました。のどかな丘の上の赤い壁の小さいおうちが、経済成長の中、道路やビルに囲まれて埋もれそうになる。しかし最後は、クレーンのようなもので別の丘へ救い出され、幸せに暮らした、とハッピーエンド。実はぼくは、ほかの終わり方がないのかと思っていた。たとえば小さいおうちはブルドーザーでつぶされちゃいました、とか。

落合　アンチ・ハッピーエンド⁉

山田　若い頃のぼくらの世代にとっては、小さなおうちに住む幸せなんて、否定すべき思想でしたから。

落合　「一家団欒は、革命の敵」なんて言葉もありましたね。

山田　ええ。1961年に、『二階の他人』というデビュー作を撮っているんですが、これは家を建てた夫婦が、ローンを払うために2階を下宿人に貸すのだけど、そのためにひどい苦労をするという、まあ、持ち家思想に対する風刺なんです。家を持つなんていう小さな幸せは、世界の平和にとって何の役にも立たない、そんなメッセージをね。

落合　世界人類の大きな幸せについて考えるべきである、と……。

山田　それから50年経って、この小説を読むうちに、小さなおうちの中の幸せを願ってもいいじゃないか、と思えてきてね。

落合　それはなぜですか？

山田　小さいおうちの小さい幸せは、実はいつまでも続かない。そこには小さな罪もある。その罪に一生苦しむ人もいる。それらをすべてひっくるめて、戦争という巨悪は何万、何十万の幸せを一挙に押しつぶしてしまう。

落合　本当にそうですね。

山田　小さなおうちの向こうに、大きな歴史が映し出されていることが大事なんだ、そんな映画が作れないかな、と思ってね。

落合　リー・バートンさんは『ちいさいおうち』でコールデコット賞を受賞されましたが、実際あの絵本を描いておられたのは、1940年代、さきの戦争の時代だった。ですから、最後に〝ちいさいおうち〟が、平和で静かな丘に救い出されたのは、戦争を身近に感じながら描き続けた女性の、告発と願望が反映していたとも考えられるのですね。いま、お話を聞きながら、ふと思いました。

山田　へえ、あの絵本にはまったく戦争は描かれていないけど、実は戦争の最中に読まれていたんだ。

落合　ええ。私が今回映画を拝見して印象的だったのは、原作もそうですが、「女中さん」が主人公であること。身分制度のようなものがあった時代ですが、当時必死に生きた女性の職業のひとつであるという解釈もできますね。

山田　差別がないと言えば、嘘になります。でも当時は中流家庭で少しゆとりがあれば、女中さんはいた。雇い主は行儀作法や家事を女中さんに教えて、いい縁談をさがして、幸せな結婚をさせて送り出すということを、義務と考えていたんですよ。

落合　いまは暮らしの中に他人が入ることが、ほとんどなくなりましたね。

山田　ぼくの家に、ふみさんという女中さんがいたんです。小学2年生の時、ふみさんに連れられて、『路傍の石』（田坂具隆監督）という映画を見てね。子ども向きではないリアリズムの作品でしたが、とにかく画面が動いてりゃいい時代だったから、口開けて見ていたんですよ。

落合　ええ。

山田　吾一という少年が丁稚《でっち》奉公に出されて、奉公先でいじめられる話。ふと見たら隣の席のふみさんが、ポロポロと泣いていた。

落合　ご自分と重なったんでしょうね……。

山田　ふみさんは17～18歳だったかな。涙で濡れた白いほっぺたが、スクリーンの光でキラキラと光ってね。ぼくは呆然として、「この映画、ふみさんの映画だな」って思った。そして映画というのは、そんなに人を感動させるものなんだ、すごい芸術なんだということを、ふみさんが教えてくれた。いまでもぼくは、ふみさんが喜ぶような映画を作らないといけないと思っています。ふみさんに褒《ほ》めてもらわないといけない、と。

落合　素敵なお話ですね。ふみさんはその後、ご結婚されたんですか？

山田　ええ。

落合　お幸せに？

山田　いえ、知らないんですよ。ふみさんがいたのは、ぼくが満洲（現・中国東北部）に住んでいた頃で、戦後は音信不通になってしまったから。

落合　そうだったんですか。監督は、終戦を満洲で迎えられたんですよね？

山田　そう。8月15日、ぼくは勤労動員で戦車壕を掘っていました。ソ連軍が攻めてくる、その戦車を落とすための壕です。そんな壕ぐらいでは、ソ連軍の巨大な戦車は落ちやしないんですけどね。

落合　そこで終戦の放送を聞かれた。

山田　とにかく作業は中止、家に帰っていいと言われて。訳がわからないまま教室でシャツなんかを着ていると、どうも戦争に負けたらしいぞと聞こえてくる訳です。つらい作業から解放されて、とりあえずホッとしながら家への坂道を下りていったら、中国人の集落の貧しい家々の屋根一面に、青天白日旗（国民党の党旗）が何百本もはためいていた。

落合　一軒残らず？

山田　ええ。ぼくは今日、敗戦を知ったけど、この人たちは前から知っていて旗を用意していたんだと思うと、急にこわくなりました。

落合　……戦後は満洲から引き揚げてこられたんですね？

山田　苦労しましたね。日本人はみんな貧乏でしたけど、引き揚げ者はとくに貧しかった。親父も仕事がなく、食うや食わずで。ぼくは中学生の時に土木工事のアルバイトをするんだけど、朝鮮の人にとてもよくしてもらってね。

落合　そうなんですか。

山田　朝鮮人の親方は、痩せっぽちのぼくを哀れがって、楽な仕事に回してくれたし、闇屋で品物を売っていた時は、売れ残ったら引き取ってあげるよ、という優しい屋台のオモニがいてね。涙が出るほど嬉しかったなあ。同時に何ともいえない気持ちになりました。ついこの間までぼくは朝鮮の人たちを差別していたのだから。

落合　それまでは無意識の差別意識もあった……。

山田　そんな日本人のぼくに、よくしてくれる。ああいうつらい状況のなかでこそ、人間の値うちがわかるような気がします。

落合　わかります。私の母は結婚をせずに私を栃木県で産みました。いまでこそ「婚外子」という言葉がありますが、当時は〝てなし子〟なんて言われた。地方都市でしたから、嫌な思いもあったと思います。小学校にあがる前に、母とふたりで東京に出てきましたが、同じアパートに住んでいたお姉さんたちに、とても優しくしていただきました。戦争ですべてを失い、戦後ひとり残された女性たちで。ダンサーやアルコールを出すところで働いていた女性たちが多かったのですが、アパートで唯ひとりの子どもである私に、とてもよくしてくださいました。

山田　そうでしたか。

落合　厳しくもあったこのお姉さんたちの温かさ、少ないものを分かち合って暮らそうという姿勢と、居心地のよさは、いったい何なんだろうと子ども心に思いました。子どもはある種の嗅覚で、何が嘘で何が本当か、わかってしまうところがありますね。

山田　戦後の苦しい時代を、ぼくは朝鮮の人たちの優しさに支えられていたわけです。

落合　ところで、時の権力は憲法を変えようとしていますが、いつも心強いのは、監督から反対のメッセージをいただくことです。原発についても反対の立場を表明していらっしゃいますが、こういうお気持ちや思想ができあがったのは、やはり戦争の体験が大きいでしょう。

山田　そうでしょうね。

落合　私は、いまの時代が戦前へ逆行しているような気がして、不安で仕方がない。特定秘密保護法が強行採決されたいま、集団的自衛権の行使が容認され、さらに憲法が改悪されてしまうのかもしれない。

山田　中学生の時、山口県で新憲法を読んだけど、本当に信じられない思いだった。パッと青空が広がったような。これからこの国は軍隊を持たないんだ、すごい。新しい国になるんだって。

落合　原発を輸出するのではなく、9条こそ「輸出」したい、と。体験がすべてとは言いませんが、体験から何を自分に引き寄せたかが、大事だと思います。でも、なぜこんなことになってしまったのでしょう。

山田　戦争を知らない世代がダメなのではなく、歴史を学ぼうとしない人たちがよくないんです。若者であろうと、年寄りであろうと。

落合　本当にそうですね。とても焦ることがあるんです。ひとつは、こんな時代と社会を次世代に遺せない、という思い。もうひとつは、一緒に仕事をしてくださる編集者の方々が若くなってしまう。そうすると、だんだんと私に対してものを言ってくれなくなってしまうのではないかと。監督はいかがですか？

山田　それは落合さんがすでに権威になってるからでしょうね。難しい問題だな。ぼくだってそれはあると思う。どんどん意見を言ってくれ、反対意見でも大歓迎だからとスタッフに言うんですが、なかなかそれが出てこない。

落合　よくわかります。

山田　年を取ってもあるポジションに居続けたり、名声とか肩書のようなものが加わると、そうなるんでしょうね。

落合　その一方で、福島第一原発の事故のあとなどに、権力が欲しいと心底思う瞬間がありました。権力こそ、ずっと対峙してきたもののはずなのに。もし権力というか、力があれば、病院も学校も、住民も全員で、別の場所に引っ越す手はずを講じることもできたかもしれない。それがないことに、無念さを感じるところもあります。

山田　民主主義の国であるというのはどういうことなのかを、ぼくたちは一生懸命考えないといけないですよ。

落合　意思決定のプロセスに少数派の意見が入って初めて民主主義が成立すると思うのですが、ちょっとでも抗議の声をあげると、テロと同一視する声が出てきたり。

山田　諸外国と比べても、日本は言論でも情報でも、閉じる方向に先頭を切って進んでいるような気がしますね。

落合　せっかく開いた窓が、もう一度閉まっていくのを見るのがこの時代の老いという存在なのかと思うと無念で仕方がないのです。監督のように、ものを作り上げている方にとって、老いとはどういうものなんでしょうか。たとえば、『小さいおうち』は40代でも作れましたか？

山田　いや、作れなかったでしょうね。小さな幸せを肯定できるようになったのは80代になってからです。

落合　そうですか。

山田　映画監督としては、「うわあ、年を取ったな」という嘆きはありますよ。体の動きが不自由になったとか、疲れが激しいとか。そこはスタッフにサポートしてもらいます。ぼくは冗談まじりにスタッフに言ってるんですよ。「体は衰えているし、記憶力もダメだけど、イマジネーションを抱くことだけは、まだまだ当分大丈夫だから」って。

落合　おつれあいがお元気な頃、読み聞かせの活動をされていて、電話で絵本の話などをさせていただきました。いま、監督はおひとりで？

山田　ええ、もう5年になります。

落合　生活は、変わられました？

山田　どうですかね……。あまり変わらないように、みんなが気をつけてくれていますね。

落合　絵本はまだ家にたくさんおありになるんですよね？　おつれあいが大事に集めてこられた……。

山田　ありますよ。40年以上前に始めた親子読書会はいまでも毎月1回、ぼくの家で続けています。それは妻が残した遺産ですから。子どもの代、孫の代まで続けようと思っています。

（2014・1・24）

やまだ・ようじ　1931年、大阪生まれ。54年、助監督として松竹入社。61年『二階の他人』で監督デビュー。『男はつらいよ』シリーズをはじめ、『家族』『幸福の黄色いハンカチ』『学校』『たそがれ清兵衛』『おとうと』『東京家族』『母と暮せば』『家族はつらいよ』など、代表作多数。

明日の悩み

老いることによる表面的変化を恐れる女たちは、わたしの周囲にはいない。大きな臭い風潮に異議申し立てをすることは厭わないが、外見の変化には、「そんなもんだよな」。

一方ここ数年、身近で話題が沸騰しているのは、「もし、自分が認知症になったら」というテーマである。わたしも含め、それぞれの親が認知症だったひとが多いこととも無縁ではない。

どんな病を得ても、あるがままを受け入れ合い、学び合い、サポートし合える社会が理想ではあるが、現実はなかなか厳しい。来年、2015年には再び介護保険が改定されるというし。

シングルの友人も多いので、余計「自分がもし」が気になるのかもしれない。が、つれあいや子どもたちがいれば万全、とも言えない。

「なるようにしかならないことが人生にはあるってことだけど……」。断言型の友人も、ちょっと語尾に迷いをにじませる。お互い切羽詰まったテーマである。

認知症の母に対して、娘のわたしが悩み抜いた末に、よかれと思ってしたことの中にも、母自身は望まないことだって少なからずあったに違いない。その只中にいた頃はただ夢中で、むしろ反射的にするしかなかった選択や決定。それが今頃になって、わたしを悩ませる時がある。血縁がいればというのも従って、ある種の幻想であるかもしれない。

そんなわたしたちが最近考えさせられたニュースに、7年前に認知症で行方がわからなくなった妻と夫が再会した、というそれがある。2014年5月、41回目の結婚記念日にふたりは再会を果たした。

浅草で暮らしておられたそうだが、若年性アルツハイマー病だった妻は群馬県館林で保護され、以来その地の施設で暮らし続けていた。夫や親族は警察に届けを出し、チラシなどで広く情報提供を求めていたのに。

彼女は4年ほど前から寝たきりの状態になっていたというが、再会を喜ぶ夫の、しかし次の言葉が胸に迫る。

「もう少し早く探し出せていたら、病状の進行を遅らせることもできたのでは……」

行方がわからなくなった当初、彼女が身に着けていた靴下や下着には、それぞれ姓や名前が片仮名で書かれていたそうだ。身に着けるものに名前を書き始めたのは、認知症が始まった頃からだったのではないだろうか。自らが口にした名前と違っていても、記されていた名を手掛かりに、当局はより広く情報を提供し、求めることはできなかったのだろうか。結婚指輪の内側にも、夫と彼女のイニシャルと結婚記念日が彫られていたというのだが。

今回の再会のきっかけを作ったのはＮＨＫの番組。身元不明のまま、介護施設で暮らすひとりの女性として、写真や持ち物などを番組で紹介したのが役立ったという。なにかと話題のＮＨＫだが、メディアにはこういった役割もあるはずだ。

明日のことは明日悩む、という考えかたも捨て難いが、認知症などで行方がわからなくなったと警察に届けられた人は、年間1万人。このうち亡くなったり行方不明のままのかたが、５００人超と言われている。ひとごとでは決してない。

配達された悪魔

届いてしまった！

そろそろだろうと予想していたのだが、やっぱり。

忙しい時に届くそれを、わたしは密かに愛をこめて「悪魔」と呼んでいる。種子や球根、苗や庭木などの通販カタログ。これが届くと、仕事は確実に後回しになる。

「2014夏・秋号」。この秋から来年の5月ぐらいまでに花をつけてくれる植物が、特集されている。

現実には、この夏に咲いてくれるはずの向日葵《ひまわり》の鉢上げや、リビングルームの緑のカーテン候補の西洋朝顔、夕顔などの植え広げ作業が控える毎日なのに。夏の植物に手間暇かけたい時期に、二つ先や三つ先の季節のカタログが届くとは！酷ではないか？　でも見たい！　見ずにいられるはずもない。

以前は8月の暑い盛りに晩秋から咲いてくれるパンジーやビオラ、スウィートアリッサム等の種子を蒔《ま》いていた。発芽して、ある程度まで苗が育ってくれるまでは部屋の中でキープ。種子蒔き床は、ひとつひとつラックに載せ、クーラーが利いた小部屋に置いておいたものだ。

しかし、2011年3月、福島第一原発の過酷事故以降は、反原発の活動と自分の日常が乖離するのは矛盾している、とクーラーを使わなくてもいい9月半ば過ぎに、種子蒔きの時期を変えた。

今年もその予定だが、その前に種子選びがあるのだ。カタログを見ないで、選べるわけがない。

緑のカーテン用に生育中の苗の手入れも待っているし、締め切り間近の原稿も、待っている。

それでも、花びらの縁に淡い紫をにじませたものや、やさしげなラベンダーピンクの花をつけたビオラの写真が載った表紙が手招きしているのだ。明日まで待つなんて、不可能。

「ポット苗を買えばいいじゃない」と女友だちは言うけれど、種子蒔き床の表面に、ある朝、それは小さな緑色の糸くずを発見する。発芽だ。それを知った瞬間の喜びは、何ものにも代えがたい。まったく密やかに、告知などせず、種子は音もたてずにに発芽するのだ。

それで今日は朝から時計を横目に、「悪魔」と親しくつきあっている。どの種子や球根を購入するか付箋をつけていったら、いつものことながら、どのページにも付箋が。

「種子のカタログ渡しておけば、静かにおとなしくなる」と言われる落合の、確かに静かな朝である。

愛読書の一冊、『女の書く自伝』で胸がすくよな啖呵《たんか》を切ってみせてくれたキャロリン・ハイルブラン。彼女のエッセイ集に『六十歳を過ぎて、人生には意味があると思うようになった』がある。原題は『The Last Gift of Time』。時からの最後の贈りものという意味だろうが、新しい種子に出会う時、いつだってわたしは、「時」からの「最後の贈りもの」だという、ちょっとばかり厳粛な気分になる。

さ、外出支度をする時間だ。カタログの続きは今夜に。いや今夜まで待てない。新幹線の中で、付箋を貼り直すことにしよう。

ヤカンが呼んでる

2代目の笛吹ヤカンを買った。沸騰するとピーピー鳴って報せてくれるあれである。

最初のピーピーがやって来たのは2年ぐらい前だったか。便利なことは認めるが、このヤカンを必要とする自分を許容するには、少々の抵抗があった。だって、コーヒーかお茶を飲もうと決めたのは、他でもないわたしだヨッ。ヤカンに水をいれたのも、ガスを点けたのも、わたしだっ！　沸かしているのを忘れるなど、あり得ない！

自分の記憶のメカニズムの衰退については、ピーピー警報が鳴らなかったのだ。ヤカンを焦がしてしまうのは、往々にして何かに熱中している時に起きる。急ぎの原稿を書いている時、深夜の電話で熱くなって話している時など。こちらが熱くなっている時、ヤカンも熱くなっているのだ。大事に至っていないのは幸い。

加齢とまったく関係ない、単なる偶然のミスだ、と断言する自信がなくなった。年をとることそれ自体に抵抗はないが、年をとることによって迎えざるを得ない変化のひとつ、以前は難なくできたことがそうではなくなる状態に対して、わたしはまだ充分な覚悟ができていない。

初代のそれは、先日ピーピー鳴るところがポロン、とれてしまった。ヤカン本来の使命は果たせるので、現在はルイボス茶や麦茶などを煮出す時専用として使っている。ピーピーは鳴らないから、そばについているしかないが。

ヤカンにも、「わが家」の歴史がある。

祖母は初夏から初秋を除いて、鉄瓶を愛用していた。居間にあった大きな火鉢の上で湯気を出して、鉄瓶は部屋の加湿にも役立ってくれた。敢えて元号でいうなら、わが家の昭和20~30年代の光景である。当時祖母のお茶の時間といえば日本茶で、お茶請けは彼女自慢の漬物。大鉢にてんこ盛りで、供された。

冬季の学校。教室の石炭や薪ストーブの上で、大きなヤカンはシュンシュンいっていた。

海外を訪れるたびに、軽めの、形がちょっとユニークなケトルを持ち帰ったこともあった。コーヒーのためのお湯を沸かす、注ぎ口が細く長く、そのカーブがとてもきれいなケトルは、ドイツだったかで見つけたものだ。

次に挑戦したのは、焦がした場合、修理してくれる保証書付きのケトルだった。が、肝心の保証書を失くしてしまった。

こうして、初代、2代目の笛吹ヤカンがやって来た。

コーヒー用のヤカンは、細く小さな注ぎ口を利用して、小型の観葉植物への水やりに。祖母の鉄瓶は、和風な雰囲気の花の花器としていまでも活躍中。この季節だと、紫蘭や白い撫子《なでしこ》の花、十文字草などが似合う。

電気ケトルを奨める人もいるが、原発事故を機に、わが家の電気製品の抜本的な見直しが続いているので、パス。

さ、お茶の時間だ。ヤカンがわたしを呼んでるぜ。

代名詞の季節

「ほら、あれよ、あれ」

某日某所で、わたしは代名詞を連発していた。ベトナム戦争時代に流行《はや》った曲の話をしていた時のことだ。同席の年下の女性は、「あれよ、あれ」と言われてもなぁ……。困惑を優しい微笑に、彼女は隠していた。

記憶力は悪くないほうだった。本のタイトルも著者名も、そこに記された数行に関してもすぐに思い出せた。以前観た映画の、画面の片隅にちらっと映った花の名も。印象に残ったものは、努力なしで記憶できた。好きな曲がレコーディングされたスタジオ名も。ところが最近、記憶力がめっきり減退。代わって「あれ」とか「それ」とか代名詞が、頻繁に登場するようになった。

「代名詞の季節」が確実に、わたしにも訪れつつあるようだ。

だから、引用箇所がある原稿を書く時は、ひと騒動。この本にあったはずと記憶を辿って、書棚から1冊抜き出す。たぶんこのあたりと見当をつけるのだが（以前は一発で当たった）、該当の箇所が見当たらない。同じ作家の別の本を抜き出して急ぎページを繰るのだが、そこにも見当たらない。著書の他に評伝もある作家だと、さらに混乱する。結局は本の山に埋もれて、時間切れ。

その上、別の探し物も増えている。一日のうち計30分は何かを探すために費やしている。まずは老眼鏡。幾つかあるのだが、いま最も気に入っているものに限って、行方がわからなくなる。昨夜から読みかけていて、今日の旅行に同伴したい本。サングラス、書きいいボールペン、レトリーバー犬の形をした使いやすい消しゴム、なぜかキッチンの鍋つかみ。といった按配だ。みな「いま最も気に入っている」ものばかりだから困る。

それがいまここにあったはずなのに突如姿を消してしまうのだ。今後さらに探し物の時間は増えるのだろう。

「ね、あれ、観た？　えーっと、タイトル忘れちゃった。六本木で上映中の、あれ」

「そう、あれだよね。うん、行ってきた。主演のあのひと、よかったよ」

昨夜遅く、女友だちと電話で交わした会話である。タイトルを思い出そうとしながら、子機を耳に当てて、わたしは同時にペーパーナイフを探していた。冒頭で思い出せなかった「あれ」は、CCR、クリーデンス・クリアウォーター・リバイバルの『雨を見たかい』。1971年のヒット曲で、この歌に登場する「雨」はベトナムに降り注いだナパーム弾のことだと言われている、ということを年下の彼女に伝えようとしたのだ。1990年代に入って、当時のボーカリストが否定したという説もある。あのボーカリストの名前は？　ちょうど、そんな内容の原稿を書いたばかりだった。そういえば、ブルース・ウィリス主演の『ダイ・ハード』の中に「おまえ、あの歌、知らないの？」という台詞があったようなおぼろな記憶がある。シリーズもののあの映画の、パート幾つだったかは思い出せない。ほんとにもう……。

『週刊朝日』の「ボケてたまるか！」愛読してます！

ポトスなひと

「ああ、ひと仕事、終わった！」

朝からもう、一日の仕事が終わったつもりになっているわたしがいる。

週一のその仕事とは、家の中にいる緑たちをひとつひとつベランダに出して、頭からシャワーを浴びさせる作業だ。掌《てのひら》に載ってしまうほど小さなものから、滑車つきの台ごと移動させないとどうにも動かない巨大なプランターのものまで、いろいろある。

これらの緑たちにほぼ週一でシャワーを浴びさせ、場合によっては日光浴させるのが、この季節の朝のわたしの仕事であるのだ。

「ついでに、わたしも！」、と緑たちと一緒にシャワーを浴びたいところだが、おいおい、公道に面したベランダで、そりゃ、問題だろ。

関東地方が梅雨に入ってからは、雨がシャワーがわりになってくれるが、ベランダへの搬入搬出は省けない。この季節なら外に出しっ放しでも大丈夫だが、部屋のそれぞれの定位置に緑たちが収まっていないと、わたしの夜は落ち着かない。そんな緑の中で最も心がかりなのは、アジアンタムだ。

アジアンタム同好の諸姉、諸兄よ。わたしは手こずらされているぞ。緑色の繊細なレースのような葉が涼しげで素敵なのだが、姿形に似合わず（似合ってか？）、気難しい。

乾燥に弱く、家の中でもせっせと霧吹きでシリンジをしている。けれど、新しく伸びてきた枝先の豆粒ほどの小さな葉が、チリチリになっていることを発見。ドーンと落ち込まされることが、過去たびたびあった。実はいまも一鉢だけ、チリチリ状態に近いのがいる。思い切って株元まで切り戻して、新しい芽が出てくるのを待つしかないか。

ずっと以前に、女にもアジアンタム系と、少々の環境の変化などものともしないタフなポトス系がいるよね？と、どこかに書いた覚えがある。

その時、「わたし、ポトス系」という手紙をくれた女性とは、いまも親しいおつきあいが続く。

ポトス等はカットした茎を水を入れたグラスに放り込んでおくだけで、しっかりと発根してくれる。部屋の空気をきれいにしてくれると一時話題になった、剣形の葉がシャープなサンセベリア等も、茎を切って水につけておくだけで根が出て、どんどん増えてくれる。それらに比べてアジアンタムはもう！と言いながらも、部屋にいて欲しいのだ。

例のポトス系の友だちが深夜の電話で、声をひそめてつぶやいた。

「アジアンタム系がモテるの、わかるような気がする。しじゅう神経を集中させなくちゃならないんだもんね。ポトスな女は、放っておいても、気にならないんだよ」

フェミニストにしては、やや問題発言ぽいが、ま、いっか。いやいや、タフな顔して、傷つきやすい内面を隠す女もいるから、一概には言えないが。

電話の彼女は、白い木綿のシャツの袖をたくしあげたジーパンスタイルがよく似合う71歳。タフにして、デリケートな女だ。

汗《あせ》る！

このところ「間に合わない」につかまっている。昨日も新幹線に「間に合わない！」。ギリギリセーフだったものの、心臓パクパク、喉カラカラ、膝はガクガク。いやー、焦った。

「焦る」は「汗る」でもあるな、と噴き出す汗を拭いながら痛感。

同じ「間に合わない」でも、嬉しい焦りもある。

この季節に各地から届く、「間に合いませんよー」のひとつは、ジャカランダの開花情報だ。

世界三大花木と言われるこの樹と花については、以前朝日新聞の連載で触れたところ、驚くほど多くの、それも詳細な情報をいただいて感激した。各地に友の会もあることを知った。

あれ以来、この季節になると、「そろそろですよ」に始まって、日を追ってのジャカランダ情報が届く。「そろそろ」の後は、「早くしたほうがいいですよ」。そして「間に合わなくなりますよ」。

「わが家のが咲きそうです、是非」と地図を同封してお誘いくださるかたもいる。心躍りつつ、心急《せ》く。

美しいその花の姿は、ネットに多数アップされているので、そちらをどうぞ。わたしには、その花の見事さについて過不足なく書ける自信がない。

美しさというものは、既成の言葉で伝えきれないものがあるのかもしれない。いままでに2回しか、花盛りのそれを見たことがないのだが、くらくらした。

それにしても、この年代になると、「間に合いません」という言葉が、やけに深く響く。それは、来年、この花が咲く頃、わたしは元気でいられるかどうかわからないという思いとも重なる。宗教とは無縁なまま来てしまったが、それだけはGod Knows It、神のみぞ知るである。だから余計に、前のめりな気持ちに拍車をかけてくれる。そのうえ数年前から、この季節に、もうひとつの「間に合いません」が加わった。

ヒマラヤの青い罌粟《けし》。以前、苗を枯らしてしまった悔いがあり、どんなに欲しくとも、自分の手に余るものには手出しはすまい、と決めた。で、現在はもっぱら借景を楽しませてもらっているのだが、青い罌粟もちょうど今が花盛り。わたしたちが知っている罌粟の、あの薄紙のような花びらが、透明感のある澄んだ青色。少し足を延ばせば、群生しているところが幾つかある。

某日。やりくりして、タイトな日帰りスケジュールをたててはみた。が、仕事が終わらず、無念にも諦めざるを得なかった。

これからは「焦りと汗り」を伴った「間に合わず」が更に増えていくのだろうか。

それにしても集団的自衛権行使容認に向けて、前のめりな現政権。21世紀の「戦前」がそこまで来ているようで、不安この上ない。憲法9条をなし崩しにしていいのか。子どもや孫の世代のいのちにもかかわる、喫緊のテーマだ。

ジャカランダや青い罌粟とはなんとか折り合いをつけても……。こればかりは、「間に合わなかった」では済ませられない。

山の動く日

どんな修羅場に出くわしても、ドーンと構えていたい。奥歯食いしばる時でも、涼しげに笑っていたい。

慌てない、ジタバタしない。背筋と膝を伸ばして、大股にすっすと歩いて、正面から、コトに当たる。逃げない、後ずさりしない……。

遠い昔の東映の任俠映画のようだが、そんな人生を送りたいと願っている。

そういえば、先日、「戦争をさせない1000人委員会」の集会で、菅原文太さんにお目にかかった。80代になられたそうだが、カッコいい！　腹が据わってる、スピーチもいい、声もいい。うまく言えないが、これみよがしではないところも素敵だ。（菅原文太さんは、2014年11月に亡くなった）

ジタバタ、バタバタしない日々こそ素敵だと思いながらも、わたしの場合はバタバタ続きの日常だ。

南アフリカ、ヨハネスブルク出身の女性アーティスト、ミリアム・マケバ（彼女も亡くなってしまったが）が歌って大ヒットした『パタパタ』という曲があったが、当方はバタバタ、だ。

今日も朝からバタバタ。

とっくに送信しているはずの原稿の、最後の一行が決まらない。最後の一行にこだわる自分がなにがなし卑しく思える一方、それにもこだわらなくなったら書くのを辞める、という思いもあって気分バタバタ。他にもやらねばならないことがあるのに、原稿はパソコンの画面にとどまったまま。

一日中家にいる日に、ということで、今日は朝から空調やキッチンの流し台、風呂場の総点検をお願いしている。どうせなら、同じ日にと思い、最近機嫌が悪いトイレの点検も入れてしまった。先週からちゃんと片付けて、きれいに掃除をしておこうと思っていたのだが、嗚呼《ああ》。

トイレだけ、流し台だけ、風呂場だけというのなら、玄関から目的地までのルートだけを片付ける手もあるが、空調となると各部屋を点検する可能性がある。どうする？　どの部屋にも書棚に収まりきらなかったり、現在使っている本と資料の山が。その場で、ジャンプなどすれば、「山の動く日、来たる」になりそうな不穏な気配。

「ま、いっか。これがわたしの暮らしぶりなのだから」とドーンと構えることができず、この期に及んで、バタバタと片付けている。

幸い、空調のほうは各部屋ではなく、大本をチェックして終了。風呂場、流し台、トイレもOKで、ほっ。たぶん、わたしの人生はずっと、このバタバタが続くのだろうと改めて痛感。

料理は好きなのだが、後片付けが下手だ。片付け始めると、より散らかる。それでも早朝の数時間かけて片付けて、風通しよくなった各部屋を見ているうちに……。そうだ、きれいなうちに、友だち呼ぼう。このところ誘いを何度か断ってきたのだから。

「突然だけど、今夜、うちに来ない？　何、食べたい？　OK、作っとくね」

リクエストの三色カレー、ビーンズとシーフードとチキンを作るのに、新たなバタバタが始まる。

今夜にしたのは、数日おくと、片付けが再び必要となるおそれがあるからだ。

眠れない時代に

遠くに聞いていた雷鳴が、数分後には真上に近づいて、突然の激しい雨。向かいのビルの、打ちっぱなしのコンクリートの外壁が、横殴りの雨に瞬く間に濡れていく。乾いた白っぽいサンドベージュから濃いグレーに変わる。

その様子を、わたしは喫茶店のカウンターで見ている。道路脇の、紫陽花《あじさい》の茂みも水色の手毬《てまり》のようなそれを雨に打たせている。その横には、薄紅の薄紙のような花をつけた痩せた立葵《たちあおい》が数本。茎がたわむほどの降りだ。

梅雨時というよりも、真夏の俄か雨といった感じ。喫茶店のドアが開いて、雨音と雨の匂いと共に、雨宿りを兼ねた客が入ってくる。午後3時40分。あと20分ほどで対談が始まる。

わたしは、間もなく向かい合うひとの著書からの、幾つかの言葉を写したメモをカウンターに広げている。話が始まってしまえば、メモしたことなど不要なのに。

その場で出るであろう、瞬時の言葉こそ、生きのいい対談の醍醐味なのだから。対談に限らず、ひとに会うことは、未知の旅に踏み出すことでもある。未知には不安も含まれている。だからかもしれない。こうしてメモに目を通さないと、落ち着かない。すべてを頭に入れ、かつ、そのすべてを捨て去る潔さが必要なのだが、なかなか。

喫茶店の電話のベルが鳴っている。フロアのスタッフは急に増えた客のオーダーをとるのに忙しくて、ベルに応える余裕はない。鳴り続けるベルの音に、昨夜、同世代の女友だちが電話で言っていた言葉をふと思い出す。

「自分からかける電話はいいの。用件は当然わかってるんだから。問題は、かかってくる電話。それも夜中や朝方に。こんな時間に誰？と思わせる電話が……」

とてもこわい、と彼女は呟いた。悲しく辛い報せは、だいたいそんな時間のベルと共にやってくる。

この年代になると、特に「こんな時間に？」の予期せぬベルは、不穏と不安と不吉を連れてくる。

だからといって、ベルの音を無視する気には到底なれない。慌てて受話器に飛びついて、しかし間に合わずに切れてしまった時は……。

誰から？　用件は？　気になって眠れなくなる。

米国の女性劇作家リリアン・ヘルマンの作品に、『眠れない時代』があった。真夜中や夜明けの電話は、わたしを眠れなくするが、いまこの時代もまた、彼女言うところの「眠れない」空気を連れてきた。

先の作品は、1940年代末から50年代にかけて全米に吹き荒れた激しい思想弾圧の嵐、マッカーシズムの恐怖政治の実態を描いた作品だ。

2014年7月1日。集団的自衛権の行使容認に向けて、閣議決定がなされた。一内閣の志向（嗜好、指向）で、こんな風に拙速に決定していいのか。新たな眠れない時代の始まりとしてはならない。

リリアン・ヘルマンは「怒りの貯水池」と呼ばれたひとだった。

夜型から朝型へ

何十年も夜型の暮らしをしてきた。午前零時頃からエンジンがかかり、目は爛々《らんらん》。夜明けに朝刊各紙を手にベッドにダイブして安眠、という暮らしだった。深夜にならないと書けないという習慣は変えられない、と思いこんでいた。しかし癖を習慣化したのは他でもない自分であるから、習慣は変え得るのだ。変えようという意志さえあれば、変えなくてはならないのっぴきならない事情が生じれば。

こうしてわたしの暮らしは、夜型から完全なる朝型に変わった。

理由のひとつは、愛犬との早朝の散歩であり、その後に続いた母の介護だった。どちらも待ったなし。

やがて、新しい習慣だけをわたしの中に遺して、母も愛犬も逝ってしまった。そうして快適な、少し淋しくもある朝が続いている。

この季節、5時過ぎには目が覚める。洗面を終えて、寝室の窓を全開。夜の名残《なごり》の薄い闇と、新しい朝の大気が交わる中で、深呼吸の時を過ごす。

それから一日の始動。この季節の朝のテーマソングは、クラシックでもジャズでもなく、ナポリタン同様なつかしの!オールディーズ。ツイスト、サーフィン、マッシュポテト。小雨がしみじみと降る夜明けは、オーティス・レディングの『ドック・オブ・ザ・ベイ』もいい。

一度全開した窓を閉めるのは、ボリュームアップしたCDの音が外に漏れないようにするためと、気が向けば、ひと踊りするからだ。気持ちよく汗をかくと、身体が少しだけ締まった気がする。そんなに即効性はないだろうに。

それからシャワーを浴び、原稿の続きなどを書いているうちに本格的な朝の到来。

わたしの背丈よりも高くなった朝顔の蔓《つる》を眺めつつ朝食をとっても、一日はまだ始まったばかり。家で仕事をする日は朝刊を読み比べ、外に出る日はそれらを小脇に抱えての、出勤となる。

今朝の朝食は、沖縄産のすもも、ガラリと、山形の友人が送ってくれたサクランボと、長野のブルーベリー。「ヘルシーにまとめてみました」といった感じだ。それから前夜に煮出しておいたルイボス茶も1杯。活性酸素を奪《と》るのに効果があるとか。

そういえば、様々な病気の原因になると言われる活性酸素、フリーラジカルと呼ばれるものがあるようだ。はじめてこの呼称を聞いた時は、「フリーでラジカルで、どこが悪いんだよ！」。

活性酸素は減らしたいが、「ラジカル」にして「フリー」な生き方は好きだな。都議会や国会での下品で差別的な「おじさん野次」はもとより、「国民の生命、自由及び幸福追求の権利」が明白な危険にさらされた時に行使することが容認された集団的自衛権も、わたしは異議あり、だ。「明白なる危険」を作るのに、むしろ役立たせてしまう。

朝型になって一日が長くなったけれど、午前零時前には眠くなるから、実働時間そのものに変わりはない60代最後の夏である。

あの夏の子ども

Ｏｈ！　クーラーが故障してしまった。

わが家の場合、どの部屋のクーラーもチラーとかいう、本体の大きな室外機と直結している。そのどこかがトラブっているらしい。

クーラーの冷気はもともとさほど好きではないし、暑さにも強いほうだ。特に福島第一原発の過酷事故以降は、せっせと節電に努めている。が、意志をもって「使わない」のと、「使えない」のでは、気分が大きく違う。

どうやら大がかりな修理を必要とするようだが、仕方ない。

いまは各部屋に扇風機や冷風機を置いて、ベランダには打ち水だ。

禍福はあざなえる縄の如し……。東日本大震災以降、この諺《ことわざ》にも抵抗を覚えるようになってしまったが、故障のおかげで、はるか昔、子ども時代の夏がやって来た。そうそう、この暑さだ。

終戦の年に生まれたわたしがはじめて冷房を体験したのは、デパートや映画館。祖母に連れられて、本来の目的というより「涼み」に行った。

当時わが家にあった冷蔵庫は電気ではなく、氷のそれ。冬は炭などを扱う店のおじさんが、夏はリヤカーに氷をのせて菰《こも》を被せて運んできた。鋸《のこぎり》でシャキシャキ氷を切り分けるおじさんの後を、夏の子どもたちはついて回った。井戸水で西瓜やトマトを冷やしていたのはさらに昔のこと。水道水より井戸から汲みあげる水のほうが冷たかった。

麦わら帽子をかぶり、尖った肩で夏草を掻き分けながら走り回っていた子どもの夏。井戸の横の糸瓜《へちま》棚の下、定位置の大きなタライに西瓜を見つけると、みんなしてかぶりつく時間を思って、嬉しくなった。西瓜を頬張る縁側。爪先が地面につく子も、つかない子も一緒だった。

「昭和の子ども」は暑さで顔を赤くしながら、夏が準備してくれる、あらゆる遊びを享受することに夢中だった。泳ぎを覚えたのは近くの川。子どもの自由時間は、午前と午後の部、そして夕方から夜まで、と三部仕立てになっていた。

路地裏に白粉花《おしろいばな》が淡く香る夕暮れ。ラジオから流れる祖母の好みの落語を聴きながら夕ご飯が終わると、夜の部の始まり。風呂上がりの首や脇にぽんぽんと汗取り用の天花粉をはたいてもらった浴衣姿の子どもたちが集うのは、路地裏。花火の時間だ。

線香花火。シュルシュルと音を立てて地面を回転しながら追いかけてくるネズミ花火。打ち上げられてから空中で炸裂して、小さな万国旗やパラシュートが落ちてくるのもあった。万国旗は、秋になれば運動会にも登場した。

あの夏の子どもが高齢者と呼ばれる年代になっても、幾つもの地域で戦争や紛争が起き、いまもまだ続いている。

集団的自衛権行使容認の閣議決定。どの国の子どもも戦争で死ぬ時代をさらに迎えてはならない。子ども時代を奪ってはならない、と長く暑い夜の中で考える。

うらめしや

　スマートフォンをお使いだろうか。わたしは、二つ折りの旧式の携帯電話しか使えない。

「これで充分、電話をかけるか、受けるか、だけ。それ以外は不要」。しかし、人前で、二つ折りのそれを出すと、「えっ、スマホじゃないの？」。

携帯では、メールもやらない。というか、やれない。

どうして、あの小さな文字盤に、この無骨な指を走らせることができようか。

スマホでタタタッと打って、ササッとメールを送っているひとを見ると、なんかもう、神業《かみわざ》。

「苦手というのは、あなた、努力を放棄した言い訳でしかないのよ」

そう言う友人もいるが、「放っといてくれ」である。

問題は、少し長期に家を空ける時、パソコンに溜まるメールの山。

帰宅して、一晩がかりでメールをチェック。翌朝には、目はショボショボ。肩はガチガチに凝って、使いもんにならないお手上げ状態が控えている。これはちょっと辛い。

「iPadで、どこでもメールを読めるようにすればいいじゃない。一緒に買いに行ってあげる」

こうして、iPadがわたしのもとにやって来た。受信したメールには、特に個人的な急ぎの返事を必要とするものには、旅先からでも返事ができるようになったのだが。

さらに、急ぎの原稿を一度旅先からiPadで送ったことに味をしめて、少々気分が緩んで、「ま、旅先から送ればいっか」。

ところが、これが意外に曲《くせ》もの。一発でうまくいく場合もあれば、通信環境のせいかスムーズに送れないことも。

大汗かいて、例によって目はショボショボ、肩をガチガチにして、iPadを捧げ持って窓際に寄ってみたり、建物の外に出てみたりウロウロ。真夏の動物園の白熊状態だ。

こんなことなら、今回だけは手書きで、ファックスで送れば良かったと、格闘して数時間たってから後悔する。けれども悔しいから、これはなにがなんでもiPadから送ってやるぞ。意地を張って軌道修正しないまま格闘続行。

目をあげれば、快晴の夏空のもと、南アルプスが見えたはずなのに……。薄紅の可憐なササユリとゆっくり対面できたはずなのに。温泉でいい湯だな、ができたはずなのに。旨い蕎麦《そば》を、もっと長閑《のどか》に堪能できたはずなのに。iPadとの格闘に半日近くを費やして、疲れきって帰京。

バッグの中のiPadがやけに重たく感じる、うらめしやの旅。

わたしの指には、iPadより、大ぶりなカナヅチのほうが、はるかに似合うのだと痛感。

不意に、年寄りの冷や水という言葉が、この上なく鮮やかに瞼《まぶた》の裏で点滅。罪のないiPadを放り投げたくなった。

いや、家に帰るのもこわい。原稿を送るのに手間取って、届いたメールは溜まったまま。

この国の8月

平和のためにと言って、ひとがひとを殺す。殺さなければならない状態を作る……。単純化すれば、それが戦争というものだ。言葉とは、いかようにも使える。

69回目の終戦の日がやってくる。1945年、その年の1月にわたしは生まれた。

22歳の母は栄養失調のせいか、母乳が出なくなり、配給のミルクも充分ではなく、大豆や蒸《ふ》かしたサツマイモなどをすり潰して、乳代わりにしたと聞かされた。「色黒で男の子と間違われることが多かった」その子は、それでも元気に成長。終戦を迎えた日には、生後7か月だった。

わが家の古いアルバム。角がほつれたビロードの表紙、そのアルバムの中で、その子の人生の記録は、1歳の誕生日写真から始まる。町の写真館で撮ったモノクロームの写真。いまは紅茶色に変色したそれは、よく見ると、その子の腰のあたりを後ろから支える指先が僅かにのぞく。自分は写らないように腰を屈《かが》め、頭を低くして幼子を支えた指の持ち主、それが母親だった。

小学生の夏の夜。青い蚊帳《かや》の中で、当時のことをよく聞かされた。周囲の反対を押し切っての、シングルでの出産。自宅ではなく、町の産院で彼女は出産した。それから6か月たった7月。宇都宮大空襲と呼ばれる空襲があり、わたしが生まれた病院も焼け落ちた……。

若い女の事情を充分知ったうえで、「安心してうちで産みなさい」とすすめてくれた、医師も看護婦さんも亡くなった。

「あなたとおない年の子どもも空襲で。宇都宮でも東京でもどこでも。空襲はなくても、充分な治療さえできたら助かるはずだった子どもたちも、死んでいったのよ」

宇都宮大空襲で亡くなった人の数は600余名と言われている。この犠牲者の数を多いと見るか、少ないと見るか……。それでも、親を失った子と、子を奪われた親が、その日そこで生まれたことは確かだ。

そして8月。6日には広島に、9日には長崎に原爆が投下された。

この国の首相は、「積極的平和主義」を唱える。国際社会の平和の実現のために積極的に行動をするというなら……。わたしは同じような言葉で「平和」を唱えたノルウェーの政治学者、ヨハン・ガルトゥングの「積極的平和」に賛同する。

1930年生まれの彼は、かつて日本の幾つかの大学でも教師をしていたが、戦争のない状態（消極的平和）に平和を留めおかず、貧困や抑圧、あらゆる差別など、社会構造がもたらす暴力をなくすことを「積極的平和」と呼んでいる。

「青っぽい」、地に足がつかない「理想論」といった声がどこからか聞こえてきそうだが、わたしは彼の「積極的平和」の考えを行動の軸におきたい。

この原稿を書いているのは8月6日早朝。今日も暑くなりそうだ。

これから広島に向かう。

グッバイ

お盆休みのせいで、東京の道路が空いている。

「みーんな、どっかに、いっちゃった！」気分だ。

そんな某日、米国の俳優ロビン・ウィリアムズの訃報が届く。63歳。まだ若い。

『グッドモーニング，ベトナム』や『いまを生きる』『レナードの朝』『ミセス・ダウト』『ジュマンジ』『グッド・ウィル・ハンティング』……。それぞれの作品の中の、独特の表情や仕草、マシンガントークも心に浮かぶ。

熱狂的ファンというわけではなかったが、スクリーンの中からであっても、「そのひとがそこにいてくれる」不思議な安心感のようなものを贈られる俳優のひとりだった。

時折、雑誌や週刊誌に掲載される彼のコメントを読むと、Oh、リベラル！同性愛者についての意見も拓《ひら》かれていた。

米国がまだ若かった頃、それは誠実さや努力、友情といったものが信頼に足る人間の資質であると信じられていた頃でもあっただろうが、近所にいた、とてもひょうきんな、でもそれだけではないオニイサン、といった感じが彼にはあった。

その心の奥底には、他者には計り知れない寂寥感もあるはずだが、観客のひとりであるわたしは、ただ無責任な傍観者であればよかった。

ひとは自分が見たいようにしか、他者を見ない。そしてひとは、自分が「見られてもいい」と許容したある部分しか、他者には見せていない……。訃報に接して、ふっと考えた。

マスタードがたっぷり入ったホットドッグが好きで、J・D・サリンジャーの『ライ麦畑でつかまえて』を10代の頃に読んでいて（実際はどうだったか知らない）と想像させてくれるひと。

接するものを笑わせたり安堵させたりするひとほど、人知れぬストレスや疲労や内側に向かう棘を日々心に積もらせていくのだろう。一度かぶったマスクを自分で剝ぎとることは、他人から剝ぎとられるよりも容易ではない。

ベトナム戦争の最中、米軍の士気高揚のためにホーチミン（当時のサイゴン）

に送り込まれた空軍のDJを彼が演じた『グッドモーニング，ベトナム』。メコン川の上を飛ぶおびただしい数のヘリコプターが緑豊かなベトナムの田園を爆撃していくシーン。そこにルイ・アームストロングの、『この素晴らしき世界』が流れるのだ。日本で公開されたのは1988年。

あの場面に、あの歌が流れる意味は？

当時、同世代の友人たちと熱くなってお喋りした記憶がある。結論は、「それぞれの解釈でいいじゃん！」だった。あの頃、わたしたちは40代の前半。死からはまだ遠いところにいた。

竹下改造内閣が発足した年でソウル・オリンピック開催。流行《はや》り言葉は、「うるうる」「お局さま」「カウチポテト族」「しょうゆ顔」。

年をとるということは、ある時代に輝いていたひとの死を、突然に知らされること。

玄関先の白髪

玄関の靴脱ぎに、白髪を1本見つけた。存在感のある見事な白髪だ。わたしの？　それとも昨夜遊びに来た同世代の友人4人のうちの、誰かの？

かつて、ジョーン・バエズの『We Shall Overcome（勝利を我らに）』を声高らかに、けれどいささか調子っぱずれに歌った世代がいま、みーんな、白髪だよ。かつ、生え際が薄くなっている。いつだって音楽が身近にあった世代でもある。

昨夜も、当時の曲をかけると、テーブルの下のそれぞれの爪先が反射的にリズムをとっているのには笑わされた。

夕食のメニューは、唐辛子とニンニクを利かせたパスタ。カリフォルニアのベニスビーチで20年前に食べて以来、夏になると食卓に頻繁に登場させるズッキーニのフライ。スティック状にして揚げて、レモンと塩をかけても、玉葱《たまねぎ》の微塵切りを入れたマヨネーズをつけても旨い。冷凍して大事にとってある山椒の実をたっぷり使った豚の角煮も、今回はうまくいった。

「嗚呼、こうして日毎夜毎贅肉を蓄えてしまうんだな」

嘆きながらも果物のデザートの後に、友人のひとりが持参した水羊羹《みずようかん》までペロリ。

むろんお喋りも、とどまるところを知らず。午前零時のお開き前に、彼女たち、手際よく食器類も洗って片付けてくれた。感謝、深謝。

それぞれ、固有の60代後半を満喫しているが、むろん悩みもストレスもある。ストレスフリーの人生なんて、あるわけないじゃん！

「走り続けられるまで、わたしは走るよ」

そう言い切ったのは、22歳からずっと看護師をしていた彼女。定年退職後は、「隗《かい》より始めよ」と自分が暮らす地域の介護を拓《ひら》く活動に取り組んでいる。

「そろそろ少しゆっくりしたいという気持ちと、ゆっくりなんてまだ早いという思いで、心が二分される時ではあるなあ」

と言ったのは、地方の城下町で和菓子屋を営む68歳。祖父が始めた店を受け継いだ夫が早くに亡くなり、彼女が当主をつとめている。デザートの水羊羹は、彼女の店の人気商品だ。店に立つ時は、この季節なら涼しげな絽の和服姿の時もあるが、高齢の馴染み客の注文には、バイクで配達もする。

「子どもたちのどちらかに店を、と考えた時期もあったけれど、いまはわたしの代で終わりでいいな、と」

だからこそ、一個の黒糖饅頭の今日の味に、細心の注意を払う。6年前に乳がんの手術をしたが、休日は顧客のひとりから、ジャズボーカルを習う日々だ。

それぞれ60年代の子どもであるから、政治意識も高い。

さて、冒頭に登場した白髪。摘《つま》んでよく見たら、白髪ではなく、テグスだった。

心の目は、視力の衰えと共に磨かれる、と言ったのはプラトンだったか？　そうでありたいと願うが、心の目では見えないものもあるのだな。そろそろ老眼鏡を作り変えなくては。

ヘアスタイル変遷

シャンプー直後の濡れた髪をタオルで巻いて、旅先の宿でこの原稿を書いている。洗濯物も髪も、わたしはやはり自然乾燥が好き。

いましがた、この海のある街で暮らす昔からの友人が、古いアルバムを抱えて訪ねてきてくれた。アルバムの抱えかたで、遠い昔が突然に甦ってくる。ああ、そうだった、部活が終わる頃、アツアツのコロッケをコッペパンに挟んだのや、焼き芋の大きな袋を胸に抱えて、彼女は部室《ぶしつ》の入口に立っていた。「これ、差し入れ」。照れると、無表情になる癖が彼女にはあった。

持参のアルバムの中には、55年以上も前の、わたしたちがいる！

ショートカットやお下げ髪の時代。フランソワーズ・サガンが18歳で書いたデビュー作『悲しみよこんにちは』に夢中だったのは、幾つだったたか。米国のオットー・プレミンジャー監督で映画化され、主人公の少女セシルにはジーン・セバーグが扮していた。ベリーショートの髪型は、主人公の名からセシルカットと呼ばれ、友人も当時そのカットをしていた。

「母が美容師だったから、わたしはいつもカットのモデルにさせられたのよ。コロッケパンは、そのモデル代だった」と彼女。

ミュージカルのタイトルにもなった「ビーハイブ」と呼ばれる逆毛を立てた髪型の写真もあった。ハチの巣を意味するビーハイブには、賑やかな場所という意味もある。暮らしかたも思想も、いろいろな意味で、確かに賑やかな時代だった。むろん、「一色」よりもはるかに健康的である。

そして60年代の半ばから後半。ベトナム戦争に反対した若者たち、フラワーチルドレンの女性たちの多くは、センターパートで分けたロングヘアだった。ジョーン・バエズも、27歳で早世したジャニス・ジョプリンもこの髪型。バイトをして少し余裕ができると、レコード店に走った時代でもあった。いまはきっと、レコード店など知らない世代もいるだろう。

孔雀のオスのように男性ももっと色彩を楽しもうという呼びかけで始まった、ピーコック革命。カラフルな花柄のシャツブラウスを着た男の子たちは、肩まで髪を伸ばしていた。

投げられた石のように時は滑り落ち、いま、彼女は白髪のベリーショート。

「70代直前のセシルカットというわけ」

一方わたしは、仲間から「怒髪」と呼ばれる髪型だ。

母を介護する中で選んだのが、チリチリの天衝くこの怒髪。美容院に行く時間も精神的な余裕もなかった頃、とにかく手がかからない、というのが選択の理由。

「やまんばヘア」とも呼ぶ同輩もいるが、夏などはシャンプーしてすぐに飛び出しても、目的地に着く頃には自然に乾いている。

母を見送って、8度目の夏。いまはどんな髪型もできるが、手のかからなさが気に入ってそのままに。

それに、この政治、この社会、昨今さらに憤ることが多くて、心情的にも怒髪が合っているのサ。

谷川俊太郎さんに質問
どんな最期を望まれますか？

落合　谷川さんとは知り合いになってから30年以上になりますが、お変わりにならないですね。
谷川　そうですか？　この年齢にしては、比較的元気なほうかもしれない。
落合　谷川さんには、「体はこうあらねばならない」というような、こだわりはありますか？
谷川　僕はスポーツ音痴だから、筋トレなんかは一切してないの。でも、息子（音楽家の賢作さん）たちと一緒にツアーをするようになってからは、少し体に気をつけるようになりました。
落合　賢作さんと、詩と音楽のコンサートで全国をまわってらっしゃる。
谷川　そう。自分だけ落伍しちゃいけないと思って、呼吸法を習うようにしたんです。

落合　どんな呼吸法ですか？

谷川　どの呼吸法でも、吸うことよりも吐くほうを大事にするんだけど、僕は加藤俊朗さんという方が提唱している「加藤メソッド」をやっています。週に1回、加藤さんが家に来て、教えてくれるんです。

落合　気持ちがいいんですね？　解放感とか？

谷川　座禅と同じで、気持ちが静まるし、体が緩むんです。加藤さんは「体を緩める」ということを一番に考えていて。体操とはちょっと違うんだけど、呼吸法と一緒にやる体の動かし方があるので、朝、30分くらいかけてやっています。

落合　朝がいいのですか？

谷川　夜でもいいみたいだけど、僕、夜はバタンキューで寝ちゃうから（笑）。

落合　それは幸せな！　いつ頃からやってらっしゃるんですか？

谷川　加藤さんと知り合ってからはもう10年近いかな。個人的にやるようになってからは、5、6年ぐらいになります。

落合　いま、おひとりで暮らしてらっしゃるんですよね？　ひとり暮らしは何年くらいになるのでしょう。

谷川　もう十数年になるんじゃないかなあ。（作家の）佐野洋子（故人）と離婚してからですから。でもね、僕、ほら、ひとりっ子でしょ。だから、ひとりでいるのが全然苦にならないの。

落合　わかります！　私もひとりっ子ですから。誰かと一緒にいると気を使っちゃうし、一方で、気を使わせているんじゃないかと思って、しんどくなってくる。ひとりっ子って、わがままですよね（笑）。

谷川　「夜、家に帰ると真っ暗で寂しいでしょう」と人に言われたりするんだけど、ほっとするんですよ、誰もいないことが。

落合　孤独に強いし、むしろ孤独が大好物だったりする。それに外に行けば、いろんな方とお会いしますもんね。

谷川　そうそう。それで、家に帰れば一人になれる。もし女房がいたら、女房とひと喧嘩しなくちゃいけないなあとか……あるじゃないですか（笑）。

落合　アハハ！　それは大変。掃除やお食事はどうされてるんですか？

谷川　えーとね……ほこりじゃ死なないっていう主義だから、掃除はお手伝いしてくれる方に甘えてます（笑）。食事は、朝は野菜ジュースを飲むだけ。昼は食べずに、夜一食だけ。基本的には玄米菜食にしていて。

落合　お肉は食べない？

谷川　ときどき食べたくなったら、食べます。昼も、つきあいで食べることもあるし、コーヒーを飲みながらクッキーをつまむこともある。玄米菜食も、一日一食主義も厳密にはやってないんですよ。

落合　もしかしたらそれが最も健康的なのかもしれませんね。体に任せる、と。

谷川　どちらも、ここ1、2年で始めたことだけど、調子はいいんです。体にストレスを与えないほうがいいんじゃないかな。食べたければ食べればいい。

落合　それって、呼吸法と関係があるんですか？

谷川　どこかくっついていますね、やっぱり。

落合　そうですよね、自分の体がきちんと意識できる感じになるのかしら。

谷川　体の言うことを聞けるようになる感じかな。体を信頼するようになりました。いま、これは食べたくないからやめておこうとか、あれが食べたいなら食べていいんじゃないかとか。

落合　内側から自然ができているみたいですね。

谷川　素直に年を取っていけば、体がだんだんそうなっていくんじゃないですか。あまり求めなくなると思いますよ。欲望もどんどん減ってきましたし。

落合　ええ。谷川さんにも、そんな欲望、おありになったのですね。

谷川　若い頃はいい車がほしいとか思っていたけど、いまは車に乗る機会も少ないし、軽自動車でいいかな、という感じで。好奇心も衰えてきた。これはあんまり良くないことかもしれないけど……。でも、年を取ってくると、人生とはだいたいこんなもんだなとわかってきちゃうから。

落合　どんなことが起きても、前に起きたいくつかの荒波を思えば、何とか越えられるかなと思ってしまう。そんなふうに思ってしまう自分が怖くもあるのですが。

谷川　人間というのは、どうにもならないものだということが、骨身にしみてわかってきますよね。いちいち心配したり、腹を立てたりできなくなってくる。

落合　命というのは、好きなように生きるんでしょうね。前は心配することがたくさんあったんですけど……。いまは、たとえば原発に反対を言い続けたりしながらも、その他のことはできるだけ流れに身を任せるようにしているかもしれません。

谷川　人間って、社会内存在であるのと同時に、宇宙内存在、自然内存在なんです。社会内存在としてはいろんな責任を取らないといけないし、抗議の声もあげていかないといけないけれど、宇宙内存在としては、宇宙の流れに身を任せてもいいと思う。それがストレスからの解放にもなるから。

落合　ああ、そうかもしれません。ところで谷川さんは、たくさん女性たちへのラブソングも作られていますが、恋や愛なども年とともに変わってきましたか？

谷川　年を取ることのリアルさが濃くなってきましたね。僕、3回結婚して、3回離婚しているでしょ？

落合　かなりぜいたくな人生かもしれない（笑）。

谷川　でもね、その3人ともが、すでにあの世に行っちゃったんです。ちょっと不思議な感情ですよ。感無量、とでも言うのかな。

落合　はい。

谷川　老いや死がどんどん色濃くなってきたと思います。若い頃は頭で考えていただけのことが、いまは体でちゃんと心得るようになってきました。

落合　少し「死」についてお聞きしていいですか？　今日は、谷川さんの「さようなら」（『私』に収録）という詩を考えてみたい。「私の肝臓さんよ　さようならだ／腎臓さん膵臓さんともお別れだ」。この後まだ続きますが、この詩は、いまおっしゃった死を意識してお書きになった……。

谷川　もちろんそうです。僕は、「死」を考えなければ生きること全体をとらえられないという気持ちが強い。だから僕が書いた詩にはいっぱい死が出てくる。「死」は一貫して身近な感じがしていますね。

落合　若い頃感じていた死と、いまとでは、確実に違ってきたはずです。

谷川　若い頃は、基本的に死んだら「無」になると思っていたところがありました。でも、だんだんと年を取ってくると、魂の存在を信じるようになってきたんですよ。

落合　魂の存在。

谷川　もし魂ってものがあるとしたら、肉体を脱いだあと、そこに残った魂がちょっと違う世界に行くんじゃないかなと思ったり。

落合　おもしろい。谷川さんにとって肉体は「脱ぐ」ものなんですね。

谷川　さなぎから脱皮して、チョウチョになるようにね。

落合　わかるような気がします。私は、死は他者の死からしか体験できないことが、ちょっと無念なんです。母を見送り、すごく悲しかったし、いまでも寂しい。その一方で、いま思うのは、「解放」ということ。死はある意味、「解放」なんだと感じています。

谷川　そうなんですね。僕の母は、4年も管につながれて生きました。鼻腔栄養っていって、鼻から栄養を摂ってね。

落合　あれ、おつらそうじゃなかったですか？

谷川　そう。母はそういう形で生きるのは絶対に望まない人だったんですよ。すごく考えました。でも、尊厳死というものは病院に入院している以上は無理。罪に問われちゃいますから。

落合　私の母も鼻から栄養を摂ったことがあります。そのあと、胃ろうに変わったんですが、時間がきたら本人の意識とは無縁に高カロリーの栄養が体内に入っていく。それまで飲み下せなくてやせていたのが、太っていく。

谷川　そうなんですよね、太ってくる。

落合　つるんとした、不思議なつややかさも出てきて、本当にこれでいいのかな、と私も悩みました。母が亡くなって7年が経つので、こうして話せますが、当時は何をどうしていいかわからなかったですね。

谷川　そうですよね……。あ、ちょっと話変わっちゃうけど、いい？　母を看取った経験から、福岡にある「宅老所よりあい」で詩の朗読をしたんです。すごくいいところでね。ここは老人と一緒に遊んで笑って暮らそうというところなの。

落合　ええ。（「よりあい」が発行している雑誌『ヨレヨレ』〈2016年廃刊〉を見ながら）なんだか楽しそう。こういう雑誌を見ていると、ほんわかと嬉しくなってきます。

谷川　ボケたらここに行こうと思ってたんですけど、福岡だから遠くてね。子どもたちに悪いなあと思ってやめちゃった。

落合　年を取るのもいいなあと思えますね。私も69になりましたので、肩のあたりに「その時」がとまっているよなって。死そのものへの不安はないんです。ただ、つらい状態が長引いてしまったらどうしようという不安はありますけど。

谷川　僕自身も、若い頃から死ぬことはあまり怖くなかった。ただ、母親が死ぬことが怖かったですね。すごく依存してたから。いまでも、自分が愛するものの死のほうが怖い。自分が死ぬのは、むしろ楽しみになったんですけど。

落合　もし望むなら、どんな死を望まれますか?

谷川　父親の死に方が僕の理想です。

落合　お父様は哲学者の谷川徹三さん。

谷川　前の日まで元気で、パーティーに出席していたんです。すごく社交的で、そういうところが好きな人で。帰ってきて、「おなかこわした」と下痢をしていたんだけど、お風呂に入って、「じゃあ、また明日」って、2階の寝室で寝て、そのまま死んでしまったんです。全然苦しみもせず。おなかの中も、体もきれいにしてね。

落合　それは理想ですね。みんなそういうふうに死にたいって望んでいるんじゃないかしら。

谷川　家庭的には困った父でね（笑）。僕は反面教師で生きてきました。でも死に方だけは感心しましたね、これはいいなと。

落合　何もわからないまま、す～っと。私も「昨日あんなに元気だったのに」と言われる死に方がいいな。泣いたあとに、「でも、良かったね」と言ってもらえるような。谷川さん、死ぬなら朝がいいですか、夜がいいですか？

谷川　そこまでは選べないですよ、ぜいたくすぎる（笑）。でも、寝てる時に死ねるといいかな。

落合　死ぬ時に誰かそばにいてほしいですか？

谷川　あんまり大げさにされたくないですねえ。だって気恥ずかしいじゃないですか。誰かが泣きわめいたりすると気を使っちゃうから。「死ぬのやめるから、おとなしくしてて！」ってなっちゃいそう（笑）。

落合　ちょっとサービスしちゃうんだ！

谷川　まあ、もし意識があればですけどね（笑）。

落合　夜、お休みになる前に、死というものを考えられることはありますか？

谷川　若い頃は、ちょっと寝付きが悪い時なんかに、「このまま死ぬのかな」とか考えたこともあるけど、いまはそんなこと考えないですね。ほら、僕、常に夜はバタンキューだから（笑）。

落合　そうでした！

（2014・4・25）

たにかわ・しゅんたろう　1931年、東京生まれ。52年、詩集『二十億光年の孤独』でデビュー。82年『日々の地図』で読売文学賞、93年『世間知ラズ』で萩原朔太郎賞、2010年『トロムソコラージュ』で鮎川信夫賞、16年『詩に就いて』で三好達治賞など。詩だけでなく、絵本、翻訳、作詞など、世界的な評価も高い。近刊に絵本『オサム』（あべ弘士氏との共著）、『どこからか言葉が』ほか。

時短クッキング

野菜を捨てる羽目になると、ひどく落ち込む。わたしの世代は、みんなそうなのか。

夏の間はブルスケッタに凝っていた。イタリア風ガーリックトーストと言ったらいいだろうか。

ニンニクとオリーブオイルを塗りこんでトーストしたパンの上に、刻んで冷やしたトマトや魚介、肉を載せて頬張る。専門家が作るのはもっと手がこんでいるが、わたしの時短ブルスケッタは簡単だ。

土台のパンはカンパーニュが最も適しているらしいが、食パンでもバゲットでもOK。最も好きなのは、トマトのブルスケッタ。冷蔵庫の中にはひとつやふたつ、気がつくと完熟状態が近いトマトが転がっている。湯通しして皮を剝いたトマトをカットして使うのが本式らしいが、わたしは皮つきのまま小さくカットの時短。それをバジルやレモン汁、塩胡椒であえて冷やしたものを、ガーリックとオリーブオイルの味がしっかり染みこんだアツアツのパンに、食べる時に載せるだけ。

トッピングは、アボカドとトマト、生ハムとイタリアンパセリ、サーモンとチーズ、シーチキンと玉葱《たまねぎ》の微塵切り等、応用範囲はきわめて広い。生のバジルがない時は青紫蘇で代用。

要はブルスケッタのために食材を揃えるのではなく、冷蔵庫の中にあるもので作れるのがミソ。

酢飯を食べたい時は野菜の握りも作る。これも簡単だが、さっぱりしてなかなかいける。

握り寿司は食べたいけれど、猛暑の中での生魚はちょっとネという時、わたしはこれにする。

酢飯を準備して、小さめの握りを作る。糠漬けの胡瓜や茄子、人参、茗荷《みょうが》、なんでもいい。薄くスライスして、山葵《わさび》を置いた握りの上に、ただ載せるだけ。

アルコール好きには特に好評だ。桜の花の塩漬けを載せても香りがいいし、きれい。叩いた梅と海苔も美味。といった按配で、余りもの残りものを前にすると、「なんとかしなくちゃ」という強い使命感に燃える世代には、特にお奨め。

そう、愛しの先輩、ご同輩よ。わたしたちはいつも何らかの使命感に燃えているのだよネ。スネには、あの時、この時の傷ばかり。

今夜はジャガイモと葱と豆乳で冷たいビシソワーズ風（あくまでも、風）を作り、パリパリのレタスとチーズでサラダ。トマトと青紫蘇でシンプルなブルスケッタを作ろうか。新しく買ったお気に入りの蒸し器も使いたいので、ズッキーニや南瓜、サツマイモ、キャベツ、茄子、青唐辛子（ぜーんぶ余りもの）等のスチームも。これら温野菜に、玄米味噌と練り胡麻、僅かな洗双糖と鷹の爪、蒸したニンニクを潰したものをつけて食す。そんな時に友人から電話があると、「ちょっと来ない？」。その結果、食べて騒いで、夜に予定していた仕事のスタートが大幅に遅くなる。

が、そんな時は密かに、自己弁護のつぶやきを。

「予定通りの人生なんて、つまらんサ」と。

憤慨の秋

わたしたちの服がない！　秋冬の洋服を整理しながら、考えた。世代で個人をひと括りにする気はないし、あくまでも好みの問題だから、ここは「わたしがほしい服がない」と改める。

ここ数年、わたしが愛用しているのは、男ものの薄手のシャツやジャケットが多い。シンプルで機能的、余分な飾りがないところも気に入っている。

ファッション業界は「おばさん」を捨てていないか？と書いて、来年わたしは古稀だったと再確認。70歳だ。「おばさん」ではなく、社会的には「おばあさん」と呼ばれる年代なのかも。「おばさん」というと、ヒョウ柄のシャツブラウスなど着た迫力満点のイメージがあるが、「あ」が1字加わって「おばあさん」となると、なんだかかわいらしくちんまりする。

が、昨今の「おばあさん」は果敢に異議申し立てもするし、なかなかタフだ。

先週、これからの季節の服を2夜連続で整理。

長いことこうして生きて暮らしていると、いつの間にか服もたまる。「あと2、3キロ痩せたら、復活させよう」と考えていた服も、復活の兆しは見えないから、この際、誰かにもらってもらう。

8月に決行した夏物の服の整理。もう少し早く終えたかったが、朝夕に虫の声を聞く頃になってようやく終了。その勢いをかっての、秋冬物の整理だ。

気が付くと、服は白や黒を選んでいる。

「いつも同じのを着ているように見えるよ。たまには冒険しなさい」

おしゃれな友人からアドバイスされるが、結局は同じような色の同じような形の、同じような素材のものになる。こと洋服に関しては、わたし、守旧派であるようだ。

還暦を迎えた頃に、半ばジョークで赤いちゃんちゃんこ代わりに買った真紅のロングジャケット。一度、これを着て外出した時は、酸欠の金魚みたいな気分になった。

ちょい苦笑させられるのは、「えーっ、5年前、わたし、こんなにウエスト細かった?」の確認。確かに最近は、楽なほうへ楽なほうへと向かっている。あらゆる管理は息苦しくてNOと拒否するが、自分のウエストぐらい管理しないと、「好き勝手に自己主張するよ」と、政治家みたいなことを言う友人もいる。

モスグリーンの渋い色の地に、ベージュと淡いエンジ色で薔薇《ばら》の花を散らしたワンピースも出てきた。

いつ、どこで買ったのか? どんな心境の時に? まったく覚えていない。泰《たい》西《せい》名画のようなきれいな配色だが、わたしには着こなせそうもない。それでドレッサーの奥で眠っていた。

それにしても、と再び無念さが頭をもたげる。ほしい服がないんだよ! わたしの。

最も人数が多いはずの60代は、おしゃれ市場から見捨てられているのか。それはないじゃないか。「見捨てないで」とすがるつもりは毛頭ないけど、ビジネスとしてももったいなくはないか?と「おばあさん」、憤慨する秋である。

花咲かばあさん

秋の種子蒔《ま》きのシーズンがまた巡ってきた。

初冬から来年のGWまで、長い間咲いてくれる種子や球根がすでにごっそり届いている。

早くに蕾《つぼみ》をつけてもらうには、旧盆が過ぎた頃に種子を蒔き始め、冷房が利いた部屋で発芽を促す。が、以前にも書いたように、3・11以降、ささやかでも節電を、と秋風を待っての種子蒔きとなって4回目の秋。

外気が20度ぐらいになる頃が最も発芽率が高いので、それまではわが家の冷蔵庫の野菜室で眠ってもらっている。来週あたりから、本格的な種子蒔きだ。

発芽して双葉が開き成長し始めると、苗の半分は、ビニールポットに植え替えて、クレヨンハウスに直行。アウトテリアが広いので、必要な苗の数は半端じゃないが、花を楽しみに来てくださるかたも多いので、落合、頑張るのだ。

苗をプランターやハンギングバスケットに植え替える時、心に浮かべるお客様の顔がある。

ひとりの男性とそのお母さま。男性はたぶん60代後半だろう。90代のお母さまといつも一緒に来られる。オーガニックレストランで、彼が料理を食べやすい大きさに切り分け、食材の説明も丁寧にしてから、おふたりで「いただきます」。食事後には、有機の八百屋で彼が野菜を選び、使い慣れたエコバッグに入れ、お母さまの手を引いて帰っていく。歩調も歩幅もお母さまのそれに合わせて、ゆっくりと。

泥だらけになって苗を植え替えながら、この苗に花がつく頃も、どうぞおふたりで見てくださいと祈るように思う。

Mさんもまた、植え替えの時に考える女性だ。

「ヘルパーさんがね、2時間、休みをくれたんで、来ちゃった」。彼女は60代半ば。

三十数年前、お子さんと一緒によく絵本を選びに来られていた。時々は彼女の母親も一緒で、「3代で来ました」と言っていた。そのお母さんの介護がすでに

5年余。

「息が詰まりそうになると、自分にご褒美と考えて、ココに来ちゃうんです」。以前、「3代で食べた」という南瓜のタルトとコーヒーを前に、彼女は深呼吸する。スマホで花の写真を撮ったのは、帰宅してお母さんに見せるためだという。

「落合さんのお母さんと同じように、うちの母も認知症ですけど、ね、見てごらん、と言うと、にっこりしてくれるんです。わたしの弾んだ口調が、母の表情を和ませてくれると思うと、わたしへのご褒美は、そのまま、苦労続きだった母へのご褒美でもあるんだ、と数時間、家をあける後ろめたさに言い訳しています」

そうだった。わたしにも彼女と同じような後ろめたさに苦しんだ日々があったのだ。

『母に歌う子守唄　わたしの介護日誌』にも書いたことだが、介護の日々の中には「小さなお祭り」が是非とも必要だ。介護するひとにとっても、されるひとにはむろんのこと。だからわたしは、泥だらけの「花咲かばあさん」になる。

思い出のたね

イントロが始まった途端、うっとりと、ほぼ放心状態になる歌が、わたしには数曲ある。

だいたいがジャズだが、その中の一曲が『思い出のたね』というスタンダードナンバー。原題は『These Foolish Things』。直訳すれば、これらの愚かなることごとだが、この場合のfoolishとは、とるに足りないこと、他愛がないことで、いいだろう。

♪……ロマンティックなところに行った時の飛行機のチケット。隣のアパートメントから聞こえてくるピアノの音色……。こんな風な他愛ないことが、あなたを思い出させている……。

まさにロマンティックな歌詞だ。ラブソングともトーチソング（失恋や片思いを歌った曲）とも、その中間の揺れる心情を表現した歌とも言える。主義も主張もない。それでも心地よい曲だ。

ゆっくりと時間が流れていくように感じる秋の夜半に、聴きたくなる一曲である。

ジャンルは何であっても、歌の中には季節を選ばないものもあれば、ある季節限定のそれもあるだろう。ビング・クロスビーがヒットさせた『ホワイト・クリスマス』は名曲だと思うが、猛暑の8月に聴くのはちょい辛い。

この『思い出のたね』は、秋が少しだけ深まったと体感できる頃がしっくりくる。

例によって整理整頓にはほど遠いCDラックの中から見つけ出した数枚のCD。エラ・フィッツジェラルド、フランク・シナトラ、ナット・キング・コール、ダイナ・ショア、トニー・ベネットもこの曲を歌っている。

同じ曲でもそれぞれに違う。気分としては電気を消してローソクがいいかなとも思うのだが、「そりゃちょっと、やり過ぎだろ！」という声を心の内に聞いて、ライトの照度だけを落とした。

それにしても、ひとつの歌の素晴らしさをどんな言葉をもってすれば、過不足なく伝えることが可能だろう。前掲の歌詞をご紹介したところで、メロディを伝える筆力はわたしには到底ない。ましてや曲全体の空気感となると……。

たとえば黒のシンプルな、くるぶし丈のドレス。ドロップ式ではない、耳にぴったりとつく小さなイヤリングかピアス。いつも履いているものよりヒールが少し高い、黒いスエードの靴。小脇に抱えることができる小ぶりなバッグも同質。

テーブルの上には、カーブが美しい細い銀製の一輪挿しと紅い薔薇……。そんな光景が似合いそうな歌ではあるが、いまのわたしはパジャマに素足。足がだるくてソファの上で胡座《あぐら》をかいている。横には、資料で膨らんだ、巨大なコッペパンにも見えるバッグが横たわっている。

現実はかくもロマンティックからほど遠い。しかし季節の変わり目に必ず読みたくなる数冊の本と、聴きたくなる数曲があるだけで、日々の景色は大きく変わる。この歌に歌われているようなロマンティックな体験はますますなくなったが、年と共に、より好きになる歌であることは確かだ。

とれない蓋

朝の食卓で、瓶の蓋としばし格闘する。蓋がとれない。瓶の中に入っているのは、友人手製の、自慢のブルーベリージャムだ。

ちなみにこの友人、男性である。旬の果物や野菜で美味しいジャムを作っては送ってくれる。

「ジャムしか作らないのよー」。彼の妻は不満そうだが、ジャム作りに目覚めた彼がキッチンを占拠する日は近いだろう。その時、彼女は何と言うか。

彼は、かなりきつく瓶の蓋をする。カビ発生防止のためだ。そしてわたしは、蓋と格闘するはめになる。

蓋をグリップしてぐるっと回すと難なくとれるオープナーが二つ三つあったはずだが、例によって姿が見えない。多くのキッチン用具は、それが必要な時に限って、なぜか姿を消すのだ。

ペットボトルのキャップにも最近難儀することが、少なくない。わたしの握力が落ちてきているのだろう。奥歯噛みしめ、全身の力を指先に集中させないと、びくともしないキャップがある。

しかし、ようやくキャップをとってごくごくと飲み干す冷たい水の、美味しいこと！

そういえば、『おいしい水』というボサノヴァが流行《はや》ったのは、60年代半ばだったろうか。アントニオ・カルロス・ジョビン作、休日のブランチのBGMに似合いそうな、軽やかな気怠《けだる》さが心地よい曲だ。

音楽もまた、「蓋」をとるのに役立ってくれる。何の蓋？　こころの蓋だ。

ジャムやペットボトルの蓋やキャップよりも時にさらにきつくされているのが、こころの蓋、というものだろう。どんなに親しく、あけっぴろげなつきあいを長年重ねてきても、パカッと蓋をとってみせることのできない小瓶が、こころには幾つかある。

きつくした蓋をとってしまうと、あまり歓迎したくはない感情がド・ド・ドーッと溢れ出してきて、喜怒哀楽の中の、主に怒と哀が垂れ流し状態になりそうで、自分でもこわい。それで通常は、蓋をきつめにしているのだ。たぶんそれは、それぞれの誇りと、どこかで深くかかわるテーマであるかもしれない。

「なんでも言い合える友だちというのは、ある種の幻想だよね」

前掲の友人夫婦は言う。わたしもそうだと思う。一見「なんでも言い合える」ように見える関係でも、また本人も無意識であろうとも、ひとは「ここまでなら」という透明な線を引いている。その線を引いた上で、こころの小瓶の蓋をとったり閉めたりしているのが、人間関係というものだろう。

友人でも夫婦でも、だ。

蓋をとって言葉にすることで、相手に心理的な負担をかけたくないし、「秘密結社」風、共犯意識を共有するのも重たすぎる……。そんな思いが、蓋を多少きつくさせている。それは率直さとか誠実さといったものとはまた別の、感情である。ジャムの瓶に蓋をし直しながら、そんなことを思う朝。外は小雨。

17歳

夜遅い電話で同世代に訊かれた。2014年のノーベル平和賞を受賞した、パキスタン出身のマララ・ユスフザイさんの年齢である。

去年（2013年）の7月、マララさんが誕生日に国連本部で行ったスピーチは、何度読み返してみても、初々しくも凛々しい決意に充ちている。同時に候補となっていた「憲法9条」は残念だが、「全世界に向けて9条ここにあり！と発信できたわけだから、次回に期待！」。

同感だ。そして会話の最後に登場したのが、「17歳の頃、何してた？」である。

わたしが17歳だったのは、1962年のこと。

「ただボーッとしてたな」。受験勉強？　恥ずかしながら全然。進学か就職かむしろ迷っていた。以前、どこかに書いた覚えがあるが、「カリフラワーは大学教育を受けたキャベツに過ぎない」というマーク・トウェインだったかの言葉にシビレていた。というか、逃げていた。

「あとは、テレビドラマかなあ」

「脳神経外科医が主人公の『ベン・ケーシー』。冒頭に、男・女・誕生・死・無限だっけ？　黒板に記号で記されて毎回始まったんだよね。誰だっけ主役は？」

「ヴィンセント・エドワーズ。亡くなったね」

「『ルート66』もあの頃のヒットドラマ。合衆国、最長の国道を、コルベットだっけ？　オープンカーで旅する青春」

「ジョージ・マハリスが黒っぽい髪のほうで」

「マーティン・ミルナーが金髪だった。よく覚えてるなあ」

「常盤新平さんの作品ではないけど、当時はまさに『遠いアメリカ』だった」

調べてみたら、その年の洋楽ヒットには、ザ・フォー・シーズンズの曲が入っている。

14年公開の、クリント・イーストウッド監督『ジャージー・ボーイズ』のモデルである彼らだ。

映画の中でも歌われていたが、邦題は『恋はヤセがまん』。原題は、『Big Girls Don't Cry』。大人の女は泣かないぜ、という歌だ。

そういえば、17歳のわたしのビッグイベントは、上野の国立西洋美術館へピカソの『ゲルニカ展』を観に行ったこと。11月の午後、学校をさぼったことがバレて、反省文を書かされた記憶がある。

ジーン・ピットニーの『ルイジアナ・ママ』、日本語版は、飯田久彦さんが歌っていた。「ロニオリンズ」と聞こえたのは、「フロム・ニューオリンズ」のことだと知ったのは、後になってからだ。

ゲルニカと『ルイジアナ・ママ』が奇妙にも同居した、わが17歳。

「一人の子ども、一人の教師、一冊の本、そして一本のペンが世界を変えられる」とマララさんは述べた。

「69歳も、ささやかでも世界を変えたいと切に思っているんだけどねえ」

電話のこっちと向こうで、うなずき合った、その夜のわたしたち。

17歳には戻れないけれど、イーストウッドは今年84歳だもんね。

薔薇の青年

　薔薇が好きだという青年がいた。「いた」と過去形で書かなければならないことが心底悲しい。

　この秋、彼は58歳で亡くなった。くも膜下出血だった。もはや青年と呼べる年齢ではないが、やはり早すぎる最期だ。

　彼にはじめて会ったのが四十数年前、わたしがラジオ局に勤務していた頃のこと。もの静かでシャイな少年だった。ひとりの少年が社会人となり、大人社会に踏み出し、やがては自分自身がその社会に堅実な根を張っていく過程を、わたしは垣間見ることしかできなかったが。

　毎年、わたしの誕生日には大きな薔薇の花束をカードと共に届けてくれた。大雪の日も、雨の日も、寒風吹きすさぶ日も欠かさずに。結婚してからは、おつれあいと一緒に届けてくれた年もあった。

関西から帰京した夕方。東京駅からクレヨンハウスに一度寄って、編集部の、わたしの机の上に積んである手紙を読み出した時、何通目かの速達に手が止まった。宛名書きの文字に見覚えがある。彼の文字、だと思ったのだ。が、差出人を確認すると、彼の名前の横に、妻の名前が記されていた。

不吉な予感がした。急いで開封すると、彼が突然亡くなったこと、お通夜がその夜にあることが記されていた。もしできたら、ほんの少しでも「彼に会っていただけたら、彼が喜びます」。

翌日からわたしはまた東京を離れる予定が入っていたので、あの夕、そのまま帰宅していたら、彼の死を知るのは数日たってからであり、お通夜にも参加できなかったことになる。

亡くなった彼について、わたしはほとんど何も知らない。ほとんど何も知らないけれど、近しい思いを抱くひとがいるものだ。同時代を生きてきた年下の青年、そんな思いがあった……。彼の妻からの速達を握りしめ、旅支度のまま斎場に急いだ。

はじめて会った時、痩せて背が高く、「まだ使っていない鉛筆みたい」と思ったあの少年が、仰臥《ぎょうが》させられた顔の上に開いた小さなガラス窓の向こうから、静かな寝顔を見せていた。

はにかみながら、将来の夢を語ってくれたあの日の少年のままだった。夢の幾つが叶ったのか、わたしは知らない。すべての夢が叶う人生などあり得ないことだけは、知ってはいても。

一を百にして、羽を目いっぱい拡げてみせる大人もいる。勘違いの階段を見苦しく駆けあがっていく大人もいる。欲望のかたまりのようなひとたちも。少なくとも、彼はそういうひとではなかった。それだけで充分すぎるほど、美しい人生ではないか。それは、喪失の悲しみの中にありながら、けれど清潔な温かさに充ちたお通夜の雰囲気からも伝わってきた。

彼が愛し、彼を愛したごく親しい人だけが集まったその席。みな、深い悲しみの中で、それぞれ自分が知っている彼と静かな会話を交わしていた。

個独旅行

快晴の朝。空を見上げながら思う。お陽さま、とはよく言ったものだ、と。空が蒼く高く、陽射しが明るいと、それだけで幸せな気分になれる。まさに、お陽さまである。

こんな日は家にいて、洗ったシーツやソックスに存分に日光浴させたいところだが、急ぎ東京駅に向かう。

長野新幹線。窓からの陽射しに目を細めながら週刊誌の特集記事を読み比べ、紙コップ入りのコーヒーをゆっくりと飲む。

移動は独りに限る。連れがおなか空かせていないか、飲みものは?などと気を遣うことなく、しばしの「個独」を楽しむには独りがいちばんだ。

車窓の向こう、名残《なごり》の彼岸花が土手の一角を真紅に染め、川べりまで続く秋草の茂みの中を、少年と褐色の犬が走っている。ひとりと一匹の間にあるのは、確かな信頼と友情、か。

お昼を少し過ぎた時刻に長野駅に到着。ここで少し待ってから、各駅停車の飯山線に乗る予定だったが、2両だけのかわいらしい電車はすでにホームに入っていた。

光が溢れる車内では、中年の男性ふたり、交互にカメラを向け合っている。「美しい景色を撮る前に、おじさん同士で試し撮り、と」。その横の席でさっきから「久しぶりっ！」を連発しているのは、女性4人のグループ。60代のはじめぐらいだろうか。

「わー。久しぶりっ、こんないい天気」

「木になってる林檎《りんご》を見るのも、久しぶりっ」

会話から高校時代の同級生だとわかる。

「そんなに大きくない木でも、実はたわわなんだ」

「わたしたちの体重だって、たわわ。おなかもお尻も、たわわ、たわわ、たわわ」。『さとうきび畑』の「ざわわ、ざわわ、ざわわ」を「たわわ、たわわ」に変えて、笑い転げる4人。

「M子も来られればよかったのにね」

「お土産、買ってこう」

「M子にこそ、この久しぶりっ、を味わわせてあげたかったね。介護が始まって3年?」

「この11月で、4年目」

「お義母さんも、M子を頼りにして、すごく感謝してるんだってね」

会ったことのないM子とその義母に、わたしもエールを送りたくなる。

……わたしみづからのなかでもいい/わたしの外の　せかいでも　いい/どこにか「ほんとうに　美しいもの」は　ないのか……そう問いかけた八木重吉の詩の一節を、ふと思い出す。

束の間ではあるけれど、「美しいもの」に出会えたような気がする各駅停車の小さな旅。飯山では北信や新潟の名物、笹寿司の差し入れが。クマザサの上に寿司飯をひろげ、その上に薄焼き卵や椎茸の煮物、紅ショウガ等をのせたもので、「具は季節によっても家によっても違います」。

小菊が群れ咲く午後にぴったりの、懐かしい味がした。

深呼吸の時

1週間に一度は花屋さんを覗く。切り花の持ちがよくなる季節になると、立ち寄り回数がさらに増える。

近所に比較的夜遅くまで開いている店があり、40代半ばのオーナーは言う。「亭主がこぼすのよ、きみはぼくを見るより花や緑を見つめる時のほうがはるかに愛情溢れる目をしているって」。これって、ノロケだな。

この店、小さなグリーンたちの鉢も並んでいて、目移りして仕方がない。ポット苗は置いていない。

「スペースないし、そこまで手が回らない。自分で種子を蒔いて育ててみたら？って思う。そのほうが花と仲良くなれる」

わが家はどの部屋もすでに緑でいっぱい。リビングをはじめ、仕事部屋も寝室も、キッチンも浴室も緑たちの住まいと化し、わたしはその隙間を走り回っているような按配だ。

浴室ではシュガーバインがなだらかなカーブを描いて天井からしだれ、大型の葉に切り込みが入ったモンステラが窓側に茂り、水辺に強いパピルスも背がまた伸びたようだ。これらのおかげで、ブラインドをおろさなくても入浴できる。植物好きの友人は、着替え持参でわが家にやってきて、「さ、久しぶりに緑たちに会ってこよう」と、いそいそと浴室へ。彼女が入浴している間に、わたしはキンピラ牛蒡《ごぼう》や蓮根ボールなどを急いで作り、彼女がお風呂からあがったところで、冷えたビールと共に「はい、どうぞ」である。

初夏から初秋の間は、時々は戸外で存分に日光浴を楽しんだ緑たちが、いまはそれぞれの部屋の定位置に戻って、静かに暮らしている。

季節によって緑のたたずまいは微妙に変わる。春はおしゃべりに見えるし、夏は寡黙でありながらぐいぐい成長する思春期の子どもとどこか似ているように感じる。夏の間に陽射しをたっぷりと浴びたせいもあって、のけぞるほど背が伸びたものや、横張《よこばり》したものもある。パキラやベンジャミン、ネムノキの仲間で夕方になると葉を閉じるエバーフレッシュなどは間もなく天井に届きそう！　空気を清浄にすると言われてブームとなったサンセベリアも幾つもに株分けして、友人たちの家にお引っ越し。

プランターが小さくなって根詰まりを起こして息苦しそうな緑たちを株分けしてひと月もたった頃、「久しぶりに深呼吸いたしました」と、寛いだ表情になるのを見ているだけで、こちらも深呼吸の時を贈られる。しかし、もう緑が住まう余裕なし、わが家は満杯状態であるのだが、例の花屋さんで、今夜は久しぶりにカサブランカとストックの白い切り花を購入。

遠い昔になったが、バブル期の12月、この大輪の百合の花束を肩にかついで原宿の街を行く男の子たちをよく見かけた。カサブランカがまだ珍しく、界隈の大きな花屋さんでは1本5千円もしていた。あの男の子たちも、花束を受け取った女の子たちも、いまは40代半ばか50代を過ぎているはず……。一輪の花でいいのだよ、好きなひとから贈られるのは。

ところでこの経済状況、大丈夫か？

お大事に！

原稿を書く時、といってもここ二十数年パソコンを使っているのだが、キーボードの左横に飲み物を必ず置く。コーヒー、紅茶、緑茶、玄米茶、蕎麦《そば》茶、各種ハーブティー。最近は牛蒡茶に凝っている。香ばしくて美味しい。今朝キーボード横の定位置に置いたのは、子どもの頃から風邪の引き始めに作ってもらって飲んできたもので、昨夜も飲んだ。昨夜遅くに帰宅する途中、何度かぞくっとした。が、薬に頼るほどではない。だいたい風邪は、胃袋をゆっくりと休ませて、あったかくして寝ているのがいちばんの特効薬だという。しかし、今日も朝寝ができる状態ではないので、引き始めのわが家の特効飲み物に再登場を願ったわけだ。

手軽に作れるのは、鎮静作用もあるというマヌカ蜂蜜のホットレモンだが、甘いものが欲しい気分ではなかったので、次のものにした。材料は、葱と梅干と生姜《しょうが》。大ぶりのマグカップなどにすりおろした生姜と、ほぐした梅干、薄切りにした葱などを入れて、熱湯を注ぐ。好みで味噌を溶かしてもいい。だいたいの引き始めは、これでおさまる。

昨夜はゆっくり入浴したあと、前掲のものをたっぷりと飲んで、湯ざめしないうちに寝てしまった。すぐに汗をかくからパジャマを着替えることだけはまめにして。

通常の風邪なら翌朝はかなりすっきり、ということが多い。今朝もそれに近いが、念のためにもう1杯。

熱湯の代わりに番茶という友人もいれば、醬油を少し垂らすというひともいる。「おかかも入れると美味しいわよ」というものも。それぞれ「わが家」の秘伝があるようだ。

喉の調子が悪い時は、再度、葱登場。ぶつ切りにして網の上で焼く。それをガーゼや手ぬぐいで巻いてぐるりと喉に回す。これを何度か繰り返しているうちに、鼻の通りもよくなり、喉もだいぶ楽になる。香ばしい焼き葱の香りをかいでいるうちに、今夜は葱たっぷりの鶏鍋にしようかな、と夜のメニューも思いつく。

子どもの頃、気管支が弱くてよく温湿布をしてもらった。蒸し器で熱くした「あっちちち」の布を胸の上に置いての湿布だった。あの頃は、祖母や母がそうしてくれたのだが、彼女たちはもういない。

ずっと昔、フランスの小さな町を旅したことがあった。雪がちらつく寒い夜。わたしは風邪気味だった。

ホテルの小さな食堂で、舌を火傷《やけど》しそうなアツアツのオニオングラタンスープを飲み終えて、部屋に戻ろうとした時……。

「どうぞ」と手渡されたものがあった。受け取ると温かい。暖炉で温めた煉瓦を厚手の布で作った袋に入れて、ベッドの足元に入れろというのだ。手渡してくれたのは、白い髪を後頭部でお団子のようにまとめた、童話に出てくる素敵な魔女のようなひとだった。おかげで、翌朝はすっきりだった。

坂道小景

陽射しが明るい午後。閑静な住宅街の広くなだらかな坂道を、わたしは歩いていた。

山茶花《さざんか》が白とピンクの花をみっしりとつけた家。中庭にビオラやパンジーの植えつけを終えた家。職人さんが脚立に乗って、庭木を剪定している家もある。

坂道の真ん中あたり、お洒落《しゃれ》な雰囲気のケーキ屋さんの前で、ケーキの小箱を抱えた高齢の女性がふたり、立ち話をしている。わたしも差し入れを買うために立ち寄ったので、彼女たちの会話が自然、耳に入った。

「若い時はなんでもなかったのに」

「坂道なんてこわくない、だったわね。高齢者が坂道の途中で立ち止まって時々息を整えていたのを、なにしてるの？って感じで見ていたわ」

「夫と話すのよ、年寄りになることを考えて、家を選ぶべきだったって」

「あとの祭りよー」

「自分がもうすぐ80なんてウッソーって感じ」

「ウッソーと思いながら、体から容赦なく教えられるのよね」

ふたりは、「ウッソー」を繰り返し、弾けるように笑い合う。「ウッソー」という言葉を使うのが、楽しくってならないとでもいうように。

わたしは来年70歳。自分の年齢に対しての感慨は、まさに「ウッソー」。「だいじょぶ、だいじょぶ」と威勢よく重たいものを持ち上げた結果、お風呂上がりの腰にはピタッと消炎湿布。痛みはすぐには現れず、中二日ぐらい置いてからの、イテテ、である。

しかし最近、立ち話をするお年寄りの姿を都会ではあまり見かけないような。旅先では、よく見かける。玄関先で、畔道《あぜみち》で、小菊が咲き乱れる路地裏で、陽当たりのいい縁側で、揚げたてあつあつコロッケの匂いが手招きする商店街で。

ふたりの会話にうなずきながら、わたしは約束の場所に向かう。この坂道にある画廊兼コーヒーショップで、同世代の女友だちが彫金のアクセサリー展を開催している。今日が、その最終日。店のオーナーも古くからのつきあいだ。彫金の彼女は、アーティストと紹介されることもあるが、「わたし、職人よ」と照れる。

「またぁ、カッコつけて！　職人と呼ばれるには……」

「10年早い？」

甘さを排したクールなアクセサリーを作る彼女は、ピアス全盛の時代に耳に穴をあけ損ねたわたしたち世代のために、イヤリングも作ってくれる。美味しいコーヒーを飲みながら、わたしたちは立ち話ならぬ、座り話に花を咲かせた。

「うーん、人生を坂道にたとえるなんて陳腐かもしれないけど、わたしたち、坂道のどのあたり？」

わたしたちの年代がいま坂道のどのあたりであろうとも……。時に「イテテ」と吠えながら暮らしていくのだ。「ウッソー」と叫びつつ、時には、ははは と大口開いて笑い、時には相変わらず血相を変えて、といった按配で。

笑い皺

「われらの許可なくして、もう師走！だよー」

深夜の電話で、女友だちが叫ぶ。10月も11月もわれらの許可なくして訪れ、そして去っていったが、師走となると、趣がちょっと違う。

「もっ、許可なくしてっ」と言ってみたい気分もわかる。一方、われらの許可なくして、「選挙だよー」は戸惑うばかりだ。２０１４年12月16日投開票である。６００億だか７００億だか、われらの税金が使われるのだ。「大義なき選挙」と報道されているが、ほんとに何を問う選挙？　残念なことに、投票率はさがるだろう。棄権が多いだろう。

わたしが理想とするのは多党制だ。二大政党がいいとは考えない。「二大」となると、その狭間で、小さな声たちは消されてしまう。

しかし、野党も苦しいところだ。候補者を立てることができない空白区もある。

「われらの許可なくして、と言えば、皺《しわ》も同様だね？」

確かに。しかしこれは自然なことだから、ま、いいとしようよ、ご同輩。フェイスリフトもお好みならば、「どうぞ」だが、わたしはどこにもメスは入れたくはない。リフトし過ぎた顔からは、表情、消えちゃうよ。

それに、笑い皺って素敵だ。20代の頃から、笑い皺が素敵な40代、50代、それ以上に憧れていた。

「キャサリン・ヘップバーンとかさ。わたしたちがスクリーンで出会った頃にはすでに笑い皺の深いひとだったもんね」

「『黄昏《たそがれ》』。ヘンリー・フォンダと共演してた。娘のジェーン・フォンダも出ていたし」

「製作にもかかわっていたんだよね？」

ジェーン・フォンダさんにはずっと昔、来日した時にインタビューさせてもらった。笑い皺はもちろんのこと、温かな人柄だった。

「男性でも笑い皺が素敵な俳優っているよね」

「いるいる。ほら、あのひと！　初代ジェームズ・ボンド役の……」

「そ、あのひと」

ああ、また始まってしまった。名前が出てこない。

とんとんとんと進んでいた会話を突如途切れさせてくれる。受話器を耳に当てながら、相手も必死で記憶を手繰り寄せている気配が伝わってくる。

初代ジェームズ・ボンドのおつれあいは画家ではなかったか？　渋谷のBunkamuraで、彼女の作品を観た覚えがある。女性画家の作品を集めた展覧会だった。

「思い出した！　ショーン・コネリー！（1930〜2020）」

思い出せてよかったぁ。今夜の安眠が妨害されるところだった。笑い皺の素敵な顔を思い浮かべて、さ、寝ようか。

お大根さま

加齢と共に変わるもののひとつに、わたしの場合、食べものの好みがある。昔はフレンチやらイタリアン、天ぷらやステーキと勇んで食べ歩いていた。最近はフレンチもステーキもご無沙汰。イタリアンもカルパッチョとロメインレタスのサラダにペペロンチーノといった按配で、前菜で終わってしまうこともある。お店に悪いので、そんな時はメインもしっかり味わう若いひとと一緒に行く。昔は、イタリアンだとサラダやパスタの後に、かなり濃厚な肉料理や魚料理が続き、さらに濃厚なデザートに濃い目のコーヒーと濃厚尽くしだった。

現在外食でわりと行くのは蕎麦とお寿司ぐらい。どちらにせよ、やたら気取った雰囲気の店はパス。常連客が品書きにない料理をこれみよがしに大声で頼むような店は、なんだか落ち着かない。

すべての客に、肩が凝らない程度に気配り目配りしつつ、客も主《あるじ》も自然体（ま、これがいちばん難しいが）というのが、いい。昔は、こういったことはあまり気にならなかったが。

それにしても、「昔は」で始まる文章をよもや自分が書く時が来るとは、「昔は」考えもしなかった。

いまでも健啖家のほうだと思うのだが、肉類より魚、魚より野菜へと好みは変化してきた。

野菜といえば、子どもの頃は、大根が苦手だった。大根の煮物の、独特の匂いも駄目だった。なのに、いまでは大好物。大根の旨さは大人にしかわからんのでは？とさえ思うほどだ。

おでんも美味しいし、風呂吹き大根もブリ大根も大根餅も好きだ。出汁《だし》でコトコト煮て、箸をつけただけでしどけなく崩れるような煮物も美味だ。短冊に切って柚子の薄切りと塩もみした即席漬けも、帆立とレモン汁マヨネーズで和えたサラダも美味しい。

2、3センチにすぱっと切った大根を出汁汁に入れてレンジで数分チン。柔らかくなり過ぎる前に両面にバターで焼き色をつけ、味噌と洗双糖を練ったものをかけた一品も、なかなか旨い。わが家では名無しの料理だが。

まさに、「お大根さま！」

の日々である。

ははーっとひれ伏したいほどだ。

発見！　お大根さまと、お代官さまは響きが似ている。庶民を苦しめるお代官さまは真っ平ご免だが、お大根さまには喜んでひれ伏しちゃう。

小学生の頃、祖母と週末になると通った駅前の映画館。東映の時代劇には必ずと言っていいほど、悪いお代官さまが登場した。進藤英太郎さんや月形龍之介さん、吉田義夫さんなどがその役だった。悪代官役の俳優さんがタクシーで、「おまえのようなワルは乗せられない」と乗車拒否にあったというエピソードが、祖母のお気に入りだった。

それだけ真に迫った凄味のあるお代官さまだったのだろう。今夜はわが家のお大根さまが主役を張る、おでんにしよう。

吠える年末

いまは2014年のクリスマス前。しかし週刊誌の月号は、すでに新年号。この時差が、わたしを悩ませる。新年号なのだから、それらしいことを書いたほうがいいんじゃないか？　とはいえ、まだ年内。気分はまだまだ新年に切り替わってはいない……、といった按配で、この時差に慣れることができないでいるわたしがいる。

さていまは、12月20日前の、師走の某日。

わたしがパソコンに向かう仕事部屋には、年に数週間しか登場しないクリスマスソングのCDが流れている。いま聴かないで、いつ聴くの？　次の出番は1年先のことだよ、とここ数日間、流し続けている。

R&B風もあれば、昔懐かしビング・クロスビーの『ホワイト・クリスマス』やフランク・シナトラ、ペリー・コモといった御大の歌を集めたCDもある。

エルヴィス・プレスリーはビブラートを利かせて『ブルー・クリスマス』を歌っている。幼かったマイケル・ジャクソンがジャクソン5のグループ名で吹き込んだ、『ママがサンタにキスをした』も、彼の短すぎた人生を考えると、切ないものがある。

とまれ、クリスマスソングが流れる中、リビングルームの大きなモミの木の枝には、大小様々のガラス細工のトナカイやベルが揺れている。

「いい年して、なにやってんの、この師走に」

と毎年友だちには言われるのだが、これだけはやめられないんだなあ。何十年にもわたって集まったクリスマスオーナメントを、1年に一度は季節のステージに立たせてやりたいのだ。

ニューヨークで一年中クリスマス用品を扱っている店で買ったものもある。真夏に汗だくになりながら選んだ思い出のオーナメントたちだ。

早くに帰宅できた夜は、夕食の準備をしながら、クリスマスソングに合わせて、お玉やヘラを振り回しながらステップを踏んでいる。好きなんですよ、クリスマスが。

誰かの「えーっ？　わたしにぃ？」という驚きの表情と、それに続く目元から広がる微笑を思い浮かべながら、プレゼントを選ぶしばしの幸福感。

そして続くは、目の色変えての大掃除。ゴミの締切は、原稿のそれより時に恐ろしい。

それから、せめて少しは手作りをと、なますを作り、年始客に評判がいい筑前煮を山ほど作り、昆布巻きまでが自家製。あとは30日に届くお節《せち》のお重を待つのみ……という頃になれば、心おきなく、「よいお年を」の気分になれる。

しかし、山積みの争点を薄紙でラッピングされたまま迎えた、「争点なき」総選挙。投票率は53パーセント弱なのだから、2人に1人は棄権したことになる。

この、「低温選挙」の行方を考えると、ちょっとこわい。これでいいのか、民主主義！　とクリスマスソングの合間に吠えている！

就活、婚活、独活

新年早々、「終活」の本を読み始めたところだ。どんなに準備を尽くしても、リハーサル通りにはいかないのが人生というもの、と充分承知はしているけれど。単行本は送られてきたものだが、受取人の年代まで考えての「寄贈」なのだろうか。わたしなど、まさに終活に半身乗り入れた年代である。

人生の終わりのための諸々の活動、「終活」という言葉が広がったのは、『週刊朝日』の記事からだったという話を聞いたことがある。数年前に連載された「現代終活事情」という特集記事から広まったそうだ。

「終活」もそうだが、気がつけば、「活」がつく造語が増えている。おなじみ「就活」、「婚活」（無縁だが）、「涙活」というのもあるそうだ。涙を流すことですっきりして、人生の新しいステージを迎え入れるための活動のことで、自助グループもあるようだ。笑いが免疫力を高めてくれることはつとに知られているが、たまの大泣きもまた大事な、「感情活」と言えるのかも。

しかしいつから、こんな風に「○活」という言葉が盛んに使われるようになったのか。

中高、その後の学生時代を通して明け暮れたのは、「部活」だった。女子校の部活だったから、青年教師などドン引きするような騒々しさ。

部活が終わると、近くのパン屋さんに部員全員で直行。コッペパンを買って、向かいの肉屋さんで揚げたてコロッケをゲット。サービスの千切りキャベツと一緒にパンに挟んでもらって備え付けのソースをかけて頬張った。ウスターソース派と濃厚なトンカツソース派に分かれた部活の「食活」だった。

就職を目前にして、青くなりながら試験場巡りをしていた頃のテーマは、自立ではなく、あくまでも「自活」だったが。後ろに「活」がつく造語が他にないか、とパソコンに向かった親戚の女子高生。突如、叫んだ。

「えーっ、これ、なに？　ドクカツだって」

どれどれ？　パソコンの画面を覗き込んで、一拍おいてから、笑った。

「独活」。ウドだろ、ウド！　あのシャキシャキ感も独特の風味もいい春野菜だろうが。酢味噌で和えても、胡麻和えも、油揚げと一緒に煮てもいいし、キンピラ風も天ぷらもいける。

ここまで来たのだから、「活」尽くしで締めようか。

新しい年も「快活」に、老眼鏡は必要だが、「活眼」を開き、納得いかないことには異議あり！と路上での「活劇」（デモか？）もためらわず……。Every Day Is A New Day と言ったのはヘミングウェイだったか。加齢と共に実感が増す。

いつもの年よりも少し早い水仙の蕾。

「来年、わたしは見ているだろうか、この花を」

そう思うと、北風の中の蕾が愛おしい。「心活」とでも呼ぼうか。

なかにし礼さんに質問

〝自分の流儀〟を貫くには？

落合　なかにしさんが2014年3月に出された『天皇と日本国憲法』、手に取った瞬間に「おおっ！」と。とてもインパクトのあるタイトルで。

なかにし　ぎょっとされるかなとも思いましたけど、いま、人々が大事なことを忘れてるでしょ。意識を取り戻させるためにも、このタイトルでいこうや！と。

落合　サブタイトルがまた素敵です。「反戦と抵抗のための文化論」。

なかにし　そう、「天皇と日本国憲法」と大見出しをつけて、現在の日本と憲法問題を考え、あとは反戦と抵抗に関する文化論として、歌舞伎や文学、演劇などを論じてるんです。その中で共通しているものをたどりながら、世界の中にある日本人として大事なものは何かということを問いたいと思って。

落合　この本のタイトルもそうですが、いつも心強く思うのは、なかにしさんはひとつの世界をすでにお作りになられた方であるにもかかわらず、常にそこから飛び出そうとしていらっしゃるところです。

なかにし　大人げないとか言われますけどね。少なくともアーティストは、いつまでも少年っぽくいなくてはいけないと思います。

落合　満洲の牡丹江でお生まれになってから8歳で帰国され、日本で差別やいじめに遭われていますが、そのことは、いまのなかにしさんを作り上げた大きな要素のひとつですか？

なかにし　大きな要素です。大きすぎるかもしれない。

落合　牡丹江から始まったなかにしさんの人生で、いまでも根っこが見つからない、どこか漂うご自分を秘めておられるなかにしさんがおいでになるような気がするのですが。

なかにし　もちろんです。はやりの言葉でいえば、それが僕のアイデンティティー。僕は根なし草なんだけど、満洲から抜かれ、満洲に残してきた僕の根っこのはしきれが、いまでも牡丹江にある。そのことを忘れたことはないし、忘れてはいけないと思っている。僕にとって、ふるさとが消えてしまったということは、大変に重要なことなんです。

落合　はい。

なかにし　根なし草であればこそ、がん治療も、「よそ者の流儀」が貫けた。僕は自分で納得いく方法を見つけるまで、平然と何人もの名医を断ったから。

落合　なかにしさんが受けられたのは「陽子線治療」ですよね。２０１２年に食道がんが見つかって、おつれあいと必死にパソコンで資料を集められた末に、この治療法にたどりつかれた。

なかにし　そう。がんのステージはⅡのBで、切らないと死ぬと言われた。でも僕は心臓が悪いから、手術には耐えられないと思った。

落合　それで切らずにがんを治す方法を探し始めた。

なかにし　とにかく納得のいく治療をするために、義理も友情も欠いたと思いますよ。これは日本という土地に根付いた人には、多分できないと思う。

落合　たとえば医師を紹介してくれた親しい人がいれば、断るのはあの人に悪いな、と。

なかにし　そうなんです。僕が友人たちに闘病の体験談をするでしょ。涙まで流す人もいるわけ。話し終わって、「じゃあ、病気になったらどうする？」と聞くと、「俺は大学病院だな」とか言う。僕の熱弁を聞いてどうしてそうなるのかわからないんだけど、「人間関係があるから、そうはいかないんだよ」って。

落合　がっちり根をはりすぎているんですね。

なかにし　びっくりしましたね。いかに僕が根なし草かということ。周りの人たちは深々と「日本人」なんですよ。

落合　がんになる前と、陽子線治療を見つけられ、治療が終わったあとでは、生きるということそれ自体について、ずいぶんお変わりになりましたでしょう。

なかにし　変わりましたね。切っても切らなくても死ぬという状況は、僕の目の前にすごく高い壁が立ちはだかったようなものだった。その壁を僕はどうにか乗り越えた。乗り越えたらね、「ここはどこ?」という感じなの。まったくの別世界。

落合　どう言ったらいいんでしょう、「生まれ変わった」というのか、「新しく生まれた」というか。

なかにし　そう。これから僕が生きていくために必要な記憶は持っていくけど、必要でない記憶はいらない。言うべきことを言い、するべきことをする。自分自身あるべきようにある。頭の中がこんなにすっきりしたことはないなあ。

落合　素敵なことだと思います。

なかにし　自分の中に、厳格な価値観みたいなものができたとでも言うかな。それまではいろんなことに流されて、あいまいな生活をしていたのが、いまはとても厳密になりましたね。

落合　もう一つ、根っこがないというのは、「権威」あるいは「権力」というものを意識されずに生きていくということでもありますね？

なかにし　権威なんか、感じませんよ。はっきり言っていちばん意味のないもの。権力はまあ、他人に対して影響も及ぼすけど、権威は何もない。ただの幻でしょ？僕がいちばん嫌うものかな。

落合　お書きになっているものを拝読して、そうだなと思っていました。読みながら「大賛成」と叫んでいましたから。日本って、生き方のすべてが政治的であるにもかかわらず、ちょっと政治に触れただけで「粋じゃない」と言われたりしますよね。でも、なかにしさんは、平然とそのタブーも破っていらっしゃる。

なかにし　少年の頃の記憶と、その頃受けた影響を最後までひきずるのがアーティストだから。どんどん世の中の色に染まっていくのは、ただの凡人です。そんな連中に何か言われる筋合いはない。いつまでも青っぽく、もっと真っ青でいたいと思っている。

落合　私は3・11以降、大事な人がはっきり見えてきたんです。仕事とか関係なく、この人とはずっとつきあっていきたいという人が、すっくと立って見えてきました。

気付けば、その人たちは皆、反原発であり、反戦であり、反核なんです。

なかにし　3・11の時、「これはお前の生き方を問われる瞬間だぞ」という思いがしたでしょ？

落合　はい、しました。

なかにし　満洲から引き揚げる時、日本は僕らに「日本に帰ろうと思わず、その土地で生きる努力をせよ」というような通達を出した。国から捨てられたんだと思いましたよ。それと同じことが、震災後も起こるに違いないと思っていたけど、事実起きてる。

落合　はい、ひどいものです。

なかにし　いまの日本は、情報は隠蔽《いんぺい》し、国民を使って実験をしているとしか思えない。

落合　そのうえ、集団的自衛権の行使が容認されてしまって……。

なかにし　積極的平和のために鉄砲を持つなんて、論理矛盾です。

落合　真偽のほどは定かではありませんが、20世紀の初めに、フリッツ・ホルムというデンマークの陸軍大将が、戦争を絶滅させるための法案を提案したと言われていますね。それは、戦争が起きたら10時間以内に、以下の人たちを一兵卒として最前線に行かせよ、というもの。①大統領をはじめとして元首、②元首の16歳以上の男性親族、③首相、大臣、次官、④戦争に反対しなかった男性の国会議員、⑤戦争に反対しなかった高位聖職者等、なんです。

なかにし　ああ、本当にそうですよね。エラスムスは、戦争はするな、平和は金で買えというようなことを書いてますけど、平和は金で買っていいんですよ。血を流すことが一番いけない。

落合　人間として最もやってはいけない。安心はできないですが、いまは「容認」されただけ。声をあげ続けなければ。

なかにし　アメリカのために血を流すなんてあり得ないしね。安倍政権の、この売国的行為にはっきりと反対する政党がない。日本はもう断末魔ですよ。

落合　話は変わりますが、がんの治療法を一緒に探されたおつれあいとの関係性というのはどうですか？　親友？　仲間？

なかにし　結婚して42～43年経つのかな。僕にとっては大変な戦友ですね。

落合　戦友、なんですね。

なかにし　人生戦い、という言い方は嫌なんだけど、戦いって強いられるんですよ、周りから。人生には本当にいろんな試練があるけど。それを共に闘ってきたわけだから、やはり戦友。あと、救済者でもあるな……。ちょっと褒《ほ》めすぎかもしれないけど。

落合　心から、そう思っておられるのでしょう。

なかにし　僕は2階に住んでいて、彼女は1階に住んでる感じ。僕は一応芸術家を気取ってるからね、浮世から離れたところで、いつも考え事をして、仕事をしている。彼女が家庭のことをすべてやってくれて、そういう状況をいつも作ってくれることに関しては、ぜひとも必要な存在です。

落合　家庭のことはあまり表にはお出しにならない？

なかにし　極端に言うと、家庭のことはあまりないんですよ。僕は自分の頭の中だけで生活しているから。

落合　おふたりで、大事にされている時間というのはありますか？

なかにし　夜の10時からの映画タイム。かみさんと一緒に見るんだけど、仕事に出かけて帰ってきても、欠かしませんね。

落合　以前はそこでお酒を召し上がってらしたんでしたね。チョコレートをつまみながら。

なかにし　そうそう。映画を見て、感動したり、タイムスリップしたり、人の人生をのぞいて想像力をたくましくすること。それが細胞の活性化につながる。この時間に見る映画の下見をしてくれているのが、かみさんなの。彼女が見てパスしたものだけを僕が見る。

落合　そうなんですか！　ということは、おつれあいは、一回ご覧になってるわけですね。

なかにし　そう、それでもう一回僕と一緒に見る。

落合　ご自分が先に見て、なかにしさんにお薦めして、「じゃあ、おやすみなさい」となるのではなく、一緒にご覧になる。それが大事なんでしょうね。

なかにし　自分は一度見ているから、お茶をいれてくれたりしてね。でもこれをやることで、会話は増えるし、共通体験はできるし、夫婦の長い歴史の中では大変に貴重なイベントです。

落合　いいですね、夜ごとのイベント。

なかにし　家庭内トラブルも全然なくて。ときどき浮気がばれて……ということもあるけどね、ケンカにはならないですよ。

落合　ちょっと待ってください。何ですか、それは⁉

なかにし　僕は謝っちゃうもん、「ごめん、ごめん」って。

落合　「ごめん、ごめん」じゃすまないな（笑）。

なかにし　家庭は大事にしてますよ。しかし、ある種の自由を持ってないと窒息死するから。携帯電話がない頃から、自分の書斎に僕専用の電話を引いてね。それが鳴ると、だいたい女の子からなんだけど……。女房の目を盗んで、外の公衆電話に走るなんて嫌じゃないの。だから、電話線を引いちゃった。

落合　電話線、切っちゃえ！

なかにし　落合さんと一緒になってたら、こわかったな（笑）。

落合　アハハハ！　そういえば、今日の洋服も黒でいらっしゃいますが、ご本には、洋服はすべて黒で、喪服を意味すると書いてありましたね。

なかにし　それは、チェーホフの戯曲『かもめ』に出てくるマーシャの言葉を拝借してるんです。僕は黒が好きだから着てるだけ。

落合　その黒い服を喪服と呼ぶなら、なかにしさんが朝目覚めて、夜にその「喪服」を置いて眠り、また次の朝に目を覚ますことと、手術をされて生まれ変わったことは、とても重なるものがあると思うのですが。

なかにし　まったく重なると思いますよ。僕は１９９２年に心臓発作で倒れて、臨死体験までして、九死に一生を得た。そのとき、それまでやっていた歌をやめて、小説を書こうと、ある種の覚悟を決めたんです。それからなんです、黒を着るようになったのは。

落合 一枚一枚、固定観念の壁紙を脱ぎ捨て、時には破ってらっしゃったと思うのですが、気がついたらいまのご自分になっていた。

なかにし そうでしょうね。いま、大問題なのが、最後の自分らしさとは何か、ということ。死もそう遠くはない。認知症になるかもしれないし、心臓発作で倒れるかもしれない。でも僕はそのどれも望んでいない。自分が自分らしく自分の尊厳を守って死ぬことは、すごく難しいと思いませんか？

落合 難しいと思います。存在をかけてそれを解いていかないといけないのでしょう。

なかにし 意識と意志をしっかり持って行動しなくちゃいけないのに、いちばん大事な死に関しては無力であるというのは、問題だなあ。

落合 「私」が体験できるのは、「私」以外の死なんですよね。「私」にとっていちばん大事な死そのものを、「私」はもう体験できなくなっている。理不尽ではありますが。

なかにし 「尊厳」という言葉を発せられる資格のあるボディーとブレーンを持っ

て、どう死ぬか。僕は、「人生は素晴らしい」と、人生を肯定することによって「生きる」意志を、日々リニューアルしてきた。その人生肯定を持ちつづけたまま、どう尊厳を持って死にゆくことができるか。とても難しい問題だけど、それがいまのテーマ。次、書きたいのはそういう小説ですね。

落合　おもしろそう。ぜひ読みたいです。

（2014・8・1）

なかにし・れい　1938年、旧満洲牡丹江市生まれ。作詩家として活躍した後、作家活動へ。98年『兄弟』を発表。2000年『長崎ぶらぶら節』で直木賞受賞。そのほかの著書に、『赤い月』『てるてる坊主の照子さん』『黄昏に歌え』『天皇と日本国憲法――反戦と抵抗のための文化論』『生きるということ』『夜の歌』『わが人生に悔いなし――時代の証言者として』など。2020年逝去。

明日の準備

昨日の続きでありながら、少しだけ非日常的な味わいがある年始も終わり、日常が戻ってきた。

気がつけば、仕事部屋にも「いつも」が戻ってきて、資料やら切り抜きやら本やらの、小山が幾つもできている。小山が大山になるのも、あと数週間を待たないだろう。

どうしたら整理整頓された部屋になるのだろうと思いつつ、あまりに整理整頓された部屋では、わたしは仕事ができないのではないか。そんな予想も浮かぶ。仕事に入る前に、あれはどこだ？　こっちの資料は？とバタバタするのが、その日一日の仕事の準備体操になっているのではないか。ま、小山を作ってしまう者の、これは言い訳でしかないのだが。

毎年元日の、個人的な習慣にリビングウィル（元気なうちに書いておく遺言）

を書くことがある。

わたしが身体的・心理的にこれこれこのような状態になった場合、延命の施術はしないでいただきたい……。そのあたりのことを主に書いたものだ。どんなに親しくとも、どんなに愛していても、そうであればあるほど最後の選択は困難を極める。たとえ本人の意思通りにしたとしてもだ。

だから文章にして、さらに毎年「更新」をしておく。内容的に変わりはないのだが、3年前に書いたものであったら、周囲は悩むだろう。「この間に心変わりはしなかったか？　これが現時点での彼女の意思と解釈していいのか？」と。

現在の医療において、延命をするかどうかの選択が可能な機会は、一度しかない。一度延命という形をとったなら、途中でそれを止めることは難しい。止めたら法的に罰せられかねない。

さっきまで元気だったわたしが突然倒れる。

「どうしますか？」と医療関係者に問われた者は、どう答えていいのか困惑する。倒れたという事実に衝撃を受けているだろうし、そんな時に次の段階を「冷静に考える」余裕はないだろう。

なので、書いておく。わたしの選択の「実行」にかかわったひとたちは、そのことで悔いを引きずらないでいただきたい、とも。それでも悔やむのが、ひというものだろうが、それ以外の方法は考えつかない。

だからこそ、多くのひとが「ピンピンコロリ」、さっきまでピンピン、次の瞬間には、「さらば」という最期を望むのだろう。

ということで、最期については文書にし、一応は準備している。

しかし……。問題は「そこに行きつくまで」、その間の人生だ。

これぱっかりは、準備怠らずとは言えない。無防備のまんま。備えなくして、憂いありではあるが、まだ来ぬ明日に憂いを抱えこんでも、詮無いこと。可能な限り周囲を悩ませず、迷惑かけず（時にはかけるかもしれない、ゴメン！）、心のおもむくまま、好きなように生きる。予測や予想が立たないからこそ人生はおもしろい、と考えたい。

２０１５年もどうぞよろしく！

サニー・サイド・アップ

目玉焼きの黄身がフライパンの中でこんもりと盛り上がって、きれいに焼けている。ただそれだけで、嬉しくなる朝がある。

何に対してささやかな喜びを感じるかはひとそれぞれだろうが、あなたの場合は?

暮らしの中に、ささやかな喜びや充実、オッやドキッをどれほど持ち得るかで、人生の景色は確かに変わる。しかし、「ささやか」をこちら側から強調し過ぎると、「下々《しもじも》はその程度でよし」とするお上の目線に与《くみ》するような気がして腹が立つのも事実だ。きみらから、大事な人生を規定されたくはないよ!である。

黄やオレンジ、ライムグリーンなど、ビタミンの多い柑橘《かんきつ》類に見られるような明るい色をビタミンカラーと呼ぶようになったのは、いつ頃からだろう。わたしが若い頃には、これに白を混ぜたシャーベットトーンとかいう呼称もあった記憶があるが。

目玉焼きの黄身の色をビタミンカラーと呼んでいいのかどうかはわからないが、食卓に黄色があると、確かに気持ちが引き立つ。しかし、「目玉焼き」とはすごい言葉ではないか。

パソコン情報を当たってみると、「黄身と白身が共に平円状となり、見た目が目玉のようになることから」そう呼ばれるようになったとある。シュールというか、ちょっとこわい命名だ。

英語で目玉焼きは、sunny side up。お陽さま、黄身がある面を上にして片面だけ焼いたので、そう呼ぶという。

トニー・ベネットが歌う『On the Sunny Side of the Street』などを部屋に流しながら、sunny side upを食べたら楽しいだろうな。

きれいな白い大皿に、卵2個分のsunny side up。部屋に流れるのは、『On the Sunny Side of the Street』。ちょい凝り過ぎか?などと書いてきて、この曲のタイトルと改めて向かい合う。

邦題は『明るい表通りで』。「sunny side」、陽射しがたっぷりと届く側の通りである。ということは、陽が射さず陰りがある「側」も同時にそこに存在することとなる。どちら側か一方だけというのは異議あり、だ。

最近の世相ときたら、陽の当たる側と当たらぬ側と、明暗が分かれ過ぎていないか？　明るい表通りも、陽が当たらない路地裏も、荒れ模様の胸突き八丁通りも曇天坂道もすべて体験して……。それでも向日性を忘れずに暮らしていく……。それが、我ら市民の生というものだろうに。

目玉焼きから突然に人生論風になってしまったが、「論」に収まりきらないのもまた生きている証《あかし》であるだろう。

そういえば、わが家のキッチンの窓辺。サツマイモのシッポが、薄く張った水の中から芽を出して、その先に小さな葉を広げ始めている。葉っぱはやや褐色がかり、葉脈は紫がかっている。ちょっと歪んだハート形をしている。

ちょい歪んだというのも、sunny side だけではない通りを知っているものには、いいね、である。

70歳と2日

若い頃は、真冬や真夏が好きだった。いまでも想像の中では、真冬・真夏派なのだが現実は……。加齢と共に厳寒や猛暑が、相当辛くなってきている。

厳寒猛暑に劣らず、気分だけは、猛々しくなる瞬間が増えてはいるのにだ。

つい先日、Oh！ 70歳になった。「迎えた」などという感慨もない。吹き出物がひとつできた、というのとほぼ同じ感じ。

「古稀のご感想は？ 古いに稀、と書くのだぜ」

友人が受話器の向こうで、叫ぶ。

「意識としては、さほど変わってないな。体力は別として」

そう、気分としては40代の頃とほとんど変わってはいない。50代、60代を抜かして、突如40代に飛んだのは、これらの日々のほとんどは母の介護を中心にしていたからだ。いまより、はるかに疲れていたし、恒常的な睡眠不足があった。医療や介護にかかわってくれる人たちとの、コミュニケーションにも気を張っていた。

毎日が夢のように（悪夢とも多々出会ったが）滑り落ちていって、自分がいま幾つかなど、考える余裕はまるでなかったし、どうでもよかった。ま、「どうでもいい」という感触はいまでもあるのだが。

「今度は喜寿よ」

わたしはそういう方面に恥ずかしながらとても弱い、というか、あまり関心がないのだ。

「喜寿って、77だっけ？　7年後か。自分が存在するかな、自信ないな」

「ま、いるでしょうね。だって……」に続く言葉は充分に想像できるから、自分から言ってしまう。

「憎まれっこ世に憚《はばか》る、か」

友人知己からのきれいなお祝いの花に囲まれた2日後は、早朝から仕事。昼過ぎには、今年（2015年）で100歳を迎えられた「反骨のジャーナリスト」、むのたけじさんのお誕生会に、ちょっとだけ参加。

そもそもジャーナリストやジャーナリズムに「反骨」がつくこと自体、むのさんにはご不満に違いない。確かに奇妙なことだ。ジャーナリストやジャーナリズムはもともと権力を見張り、その暴走に警鐘を鳴らし、弓を引き、ブレーキをかけるために存在する「反骨」なのだから。

午後は女性たちの国会包囲、ヒューマンチェーンに参加。戦争ができる国、軍需産業の意向を汲んで戦争を期待する国、にしてはならないという思いが、老若の女たち、男性たちを動かした。

ひとつだけ赤いものを身に着けて、と主催者が要請。アイスランドの女性運動「レッドストッキング」に倣《なら》ってのものだ。わたしは赤系のものを持っていないので、赤い手袋を購入。

それを終えて阪神・淡路大震災から20年のラジオの特番を1時間半。よく動き、よく話した70歳と2日目のこと。

水仙と水洗

少しずつ日が長くなってきた。夕暮れの時間も、確実に遅くなった。こんな風に季節の微妙な移ろいに心をとめる瞬間が、日常の中にもっとほしい。バタバタしていると、今夜の月を見上げることもなく、一日が終わってしまう。それを、なんだかもったいないと感じるのは、加齢のせいもあるかもしれないが、こちらに多少の精神的余裕がある時だ。

冬の間、土の下で眠り続けたわが家の球根たちも目覚めの時を迎えたようだ。比較的小さな黄色い花をつける水仙は、すでに蕾《つぼみ》を幾つもつけ、スノーフレーク、ムスカリ、アネモネ、ヒヤシンス、チューリップも「ただいま目覚めました、順次出番待ちです」、といった按配。

花に「誘い水」が効くかどうかはわからないけれど、水仙の蕾が並んだ横に、もう開花している鉢を求めて置いてみた。「先輩はすでにこういう風に咲いていますよ。あなたたちももうすぐ本番だよ」というプレビューである。

ところが、あーあ。帰宅して気がついた！　花が開いているほうが鉢ごと消えているではないか。

ま、仕方がないか。どこかの庭かベランダの片隅で無事咲いていてくれていることを、願うしかない。

「来年も咲きますから、花が終わっても鉢ごとポイ捨てなんてしないでくださいね。まずは、ちゃんと花を愛でてあげて」。きれいな夕焼けの中で、どこかの誰かに伝えたい。

土の下で長い冬眠の時期を送り、何を合図に目覚めるのか、開花してくれた花たちである。

消えてしまった鉢への落胆には幕を引いて、急ぎパソコンに向かう。

コラムをひとつ書き終えメールで送り、今日の仕事はひとまずこれで終わりとしよう。珍しくこんなに早くに帰宅できたのだから。ゆっくり夕食を作る。さてその前に、と今しがた原稿を送った編集部に電話をする。無事に届いているかどうかの確認だ。

「送信済み」のマークが出ているのだから心配ないのだが、機械に対しては少々懐疑的、電話で確認をとらないと落ち着かない。

受話器から返ってきたのは、どこか慣れていない感じの若い女性の声。春から入社する新しい人が研修を兼ねて来ていると聞いたことを思い出す。担当のかたの名前を言うと、「あ、いま、いたんですが、ちょっと席をはずしてます」。

ちょっと席をはずしてます……、そうそう、その調子。その後、彼女は次のように続けた。

「トイレに行ったのだと思います」

率直でリアルで初々しいとも言える彼女の対応だ。わざわざトイレ、と伝えることはないけれど、印象は悪くはない。

「これからが本番だね、へこたれるなよ」と、春の蕾にかけたのと同じ言葉を彼女に心の中で贈る。それにしても水仙と水洗、音読みにしたら同じじゃん！

外はすでに夜。空には青みがかった細い三日月が。

ことば

わたしたちの多くは、言葉で考え、考えを言葉にしている。あらゆる感情生活は、言葉で成立している場合が多い。言葉が先行することもあれば、あとからついてくることもあるにせよ。

しかし、言葉にしたいのに言葉が見つからない時もある。言葉にしなければならないと思うのに、その言葉が見当たらない。心だか頭だかは知らないが、いままで出会ってきた様々な言葉がぐるぐると回っているのに、そのどれをも摑めない、指を伸ばして掬《すく》いあげる気にはなれないことを、いま体験している。こんなにも言葉が溢れているのに。

そこで、こんな時はいつも、それにすがるしかない、あのフレーズに行きつくのだ。いろいろなところで紹介してきた、詩人長田弘さんの、あの「言葉」である。

……ことばって、何だと思う？
けっしてことばにできない思いが、
ここにあると指さすのが、ことばだ。……

最愛の妻を見送ったあと、長田さんはこのフレーズを含んだ二つの詩を出版された。『詩ふたつ』。そっけないタイトルに、「言葉」にできない思いをこめて。

この詩集の発行にかかわったわたしは、言葉が見つからないほど衝撃を受けた時、いまでも還っていくのは、前掲の詩だ。

世界中の多くの人々の祈りも叶わず、「イスラム国」によっていのちが奪われた人がいる。テロリズムは決して許せるものではないが、と書いて、その「が」のあとに、わたしはどんな言葉を続けることができるだろうか。

拘束が明らかになった時点では解放を求めて書けたが、最後であろう動画が配信されたあとは、言葉を失ったままが続いている。その後もいろいろな動きが出ている。呼びかけや声明を出す誘いも多々ある。が、そのどれにもすぐには反応できないわたしがいる。

時事問題をテーマに書いている新聞のコラム。書かねばならないとは思いながら書けない。「それについては、いまは書けない。言葉が浮かばない」と伝えたわたしに、担当のかたから、次のような一文が返ってきた。

「普段の仕事に集中することで、気を落ち着かせるしかない状態です。いまはそれしかできない気がしています」

一方、他紙の記者からのメールには、

「先輩が記事を書き終えて入稿をした後、手洗いに飛び込んで、長いあいだ、出てきませんでした。……今後に向けて書かなくてはならないことは多々ありますが、現時点で、自分は書かなくてすんだということに、ほっとしている自分が正直います。そして、ほっとしている自分に、そんな場合じゃないだろう、と腹を立てている自分がいるのも事実です」

報復一色になる時代はおそろしいが、言葉にできない思いも人にはあると知った上で言葉は使いたい。いまは夜半。とても静かだ。震えが全身にあるのに。

いま

陽射しが確実に明るくなってきたと感じるのは、東京で暮らしているからだろう。昨夜遅くのニュースが、大雪に閉ざされた村の生活を伝えていた。ご高齢の住人が多い村である。自然を前にして、人は時に立ち竦《すく》む。

それでも、弱々しかった陽射しの中に、ごく淡い金色の光の粒子を感じるようになった2月。

晴れていたせいか、今朝はしきりにさえずる野鳥の声も聞いた。何という鳥だろう。キーッともピーッとも聞こえる鋭い声だ。

窓を開けて見てみると、灰色に近いかなり大きな鳥が2羽、冬枯れに思えた大きな樹の枝にいて、アクロバティックな格好で、実をついばんでいた。樹の名前もわからない。

その姿を見ながら、書棚の一角に眠る野鳥についての本と、樹木についての本を思う。

どちらも、「もう少し時間ができたら」と折に触れて揃えた本ばかりだ。もう少しゆっくりできるようになったら、改めて樹木と向かい合い、野鳥の生態も知りたい、と。

季節の草花については一応はクリアできたが、樹木や野鳥となると、まるで、「どなたさまでしたか?」だ。たまたま詳しいひとに名前を訊いて、「あ、お噂はかねがね」である。

野鳥も樹木の多くも、名前と「顔」が一致していない。

しかし、樹は素敵だ。あの沈黙がいい。草花は、特に春のそれらはおしゃべりしそうだし、それはそれで心弾むが、樹は黙ってそこに立ちつづけている。その深い静謐《せいひつ》さに心惹かれる。

書棚に眠る本とは別に、旅先にでも持っていける野鳥や樹木のハンディなガイドブックも買い込んで、「もう少ししたら」と夢見てきたが……。気がつけば、あっという間に、10年が滑り落ちている。時を掬う柄杓《ひしゃく》はないなあ。自分で発車のベルを鳴らさないと、という年代だ。

あ、そういえば、いつかはトライしたいと思っているドラムスのセットもそのまんま。友人たちから贈られたのは、ずいぶん昔のこと。ハイハットシンバルもちゃんとついた立派なセットだ。樹木は沈黙がいいが、ドラムスは沈黙させたままでは無礼だろう。

「あなた、毎回、ドラムヘッドの革を破りそう」

贈ってくれたひとりは茶化すが。

そうだ。やりたいことはいますぐやる年代だよ、ご同輩。

卒業シーズンだが、わたしは「いつかはきっと」を卒業しよう。

この上なく、不穏な時代が来てしまった。

いまは亡きバディ・リッチのドラムスを聴きながら、宮尾節子さんの詩集『明日戦争がはじまる』を読み返す。「……悪とは、／鈍さだ」。その一節が心に突き刺さる。

「いつかはきっと」という、言い訳もまた、人生に対する鈍さから生まれるものかもしれない。反省。

ノスタルジー

2月某日。歯医者さんの待合室。夕方が夜に溶け込む時間だ。朝には東京でも雪がちらついたが、暖房が利いた待合室は、Tシャツ1枚で充分なほど。電力ちょっと、使い過ぎではないかぁ？

2011年3月11日以降、わたしはうるさい節電マニアになった。

「部屋を出る時は、その部屋の電気を消すのよ」

祖母がうるさく（と当時は感じた）言っていたことを、いまは自分が実践している。

待合室にはイージー・リスニングが流れている。あまり刺激的ではない、ひとの気持ちをリラックスさせる曲のことだが、いまでもイージー・リスニングという呼称は使われているのだろうか。

「おっ、『恋はみずいろ』、ポール・モーリアだったな」

「続いて、『白い恋人たち』、フランシス・レイだったか？」

そうと決めれば、どこにだってお楽しみはある。次の曲は？と耳をそばだてる。耳をそばだたせるような曲はしかし、イージー・リスニングではないのだろうが。

わたしの前のレザー張りのソファに、小学校2年ぐらいの女の子がひとり、備えつけの絵本を開いている。

クリーム色のトレーナーに紺と緑と白と黒のタータンチェックのひだスカート。ソックスもトレーナーに合わせている。なかなかお洒落《しゃれ》だ。膝にのせているポシェットの中には、何が入っているのだろう。ハンカチ、ティッシュ、お財布、それから？

わたしが彼女の年の頃、ポシェットなどなかった。なんでもポケットに突っ込んでいた。

ハンカチは持っていたが、ティッシュではなく硬い鼻紙。風邪気味で洟《はな》を何度もかむと、鼻の頭とその周辺が赤くなったほどだ。

記憶は一本の線につながらず、すべて点でしかない。編み直しのセーターの袖で洟を拭いていた子もいたな。セーターでもカーディガンでも、編み直しが多かった。古くなった着物は黒いビロードの衿をつけたハンテンや掛け布団、座布団のカバーに変身した。

友だち数人と近くの神社の裏手で捨てられた子犬たちを秘密で飼ったのは、あの年頃だったろうか。朝ご飯の残りをそっと家から持ち出した。放課後は給食の残りを給食袋の中に忍ばせて、わたしたちは子犬たちのもとに急いだ。

「犬は、鼻が濡れていないと、具合が悪いんだよ」。

友だちの誰かが言い出して、鼻の乾いた子には境内の水道から水を汲んできて、鼻を濡らした。子犬にしてみれば、迷惑だったろう。

それぞれのモコモコの子犬は、最後は町内の家々にもらわれていって、わたしたちの仕事は終わった。嬉しいような淋しいような感覚だけが残った。

1950年代の初頭。ラジオからは、江利チエミさんの歌声で、『テネシー・ワルツ』が流れていた。パティー・ページが歌う原曲を知ったのは、ずっとあとのこと。

なぜか各家のラジオが簞笥《たんす》の上にあった時代のことでもある。

いろいろあり

夕暮れが夜に変わろうとする時刻。打ち合わせが予定より早く終わって、次の予定まで40分ほどの余裕ができた。

ラッキー。思いがけない贈り物、といったところだ。

次も同じ場所での待ち合わせだ。こんな場合、「40分しかない」と思うか、「40分ある」と考えるかで、景色は変わる。今日のわたしは後者を選び、近くの書店に急ぐ。

アート系の本が並んだコーナー。黒いつば広の帽子をかぶり、シルク（だろう）のタートルネックの上に同じ黒でも材質が違う墨色に近いジャケットを着た表紙の女性。この写真、どこかで見たことがあったなあ。

2年ぐらい前だったか、翻訳刊行された写真集だ。

ハードカバーの表紙には、手書きの黄色い文字で、「Advanced Style」とタイトルが記されている。帯は真紅。「被写体は60歳~100歳代。好きなものを自由に着こなす」とある。

Advancedには上級とか先進的なという意味があるし、同時に加齢にもかけたタイトルだろう。著者は米国の写真家アリ・セス・コーエン。いまどこかで写真展が開かれていたのではなかったか。それに合わせて、本書がいままた平台に置かれているのかもしれない。

ページを繰ると、ワォ! 凄い。ある年代以上のニューヨークの女性たちのスナップが次々に。実に堂々としている。ファッションを通して自己主張を奏でている。到底わたしには着こなせそうもない服もあるが、ファッションを語ることはそのまま彼女たちのライフスタイルを語ることでもあるだろう。

「わたしは年齢に応じた格好というものを信じないの。(略)明日には、新しい一日と、新しいスタイルがあるんだもの」

わたしにも、年相応という基準はない。

「人の真似をしすぎると、誰でもなくなってしまうわ。まわりと比べないこと。あなたはあなたでしかないんだから!」

賛成！　わたしもファッションは自己主張のひとつだと考える。が、絶えず自己主張をしていないといけないとしたら、それもまた疲れるのう、とも思う。

写真集の中で最も好きな服装は、麻だと思うが、暖かみのあるベージュのビッグコート風ジャケットに、白のTシャツと白のロングスカートを合わせた女性のそれ。真紅の柔らかそうなフラットシューズの合わせかたも、素敵だ。わたしも同じようなジャケットもTシャツもフラットシューズも持っているのだが……。わたしが着ると、完全な仕事着となってしまうのは、なぜだ！　ま、それもまたわたしスタイルでいっか、とも思うのだが。

実に刺激的で、ワクワク感のある写真集、『Advanced Style』。

本書をレジに連れていく。40分に感謝。

蕪と油揚げの味噌汁

東日本大震災から4度目の3月11日がやってくる。

「3・11」と記号化して「記念の日」にしてしまうことに、抵抗を覚える。なにひとつ、と言ってしまったら滑りすぎかもしれないが、収束しないまま置き去りにされているひとやモノやコトはたくさんある。すべてがいのちに、暮らしに直結するものばかりだ。

岩手の内陸部で暮らす知り合いから、一昨夜遅くに電話があって長話になった。3月11日のあの時間についてである。

「ぽっかり抜けていた記憶がいま頃になって突然戻ってくることがあるんだよ」

彼女がここに来て思い出したのは……。

あの日あの時、朝食の残りの味噌汁を温め直して、ご飯にかけて食べていた、ということ。

夫と共に小さな「なんでも屋」のようなもの（と彼女は呼ぶ）を営む60代前半の彼女だ。

次々に来客があって昼食をとる間もなく、気がつけば午後3時に近い時間。義母と夫が先に温め直した味噌汁で急ぎの昼食を。続いて彼女が、店と障子で仕切られた奥の部屋で遅すぎるお昼をとっていた。

「おかしいでしょう。味噌汁の具をずっと思い出せないままだった。思い出したところで、どうなることでもないのに、思い出せないと落ち着かなくて」

夫に訊いても、「そんなこと覚えてない」。

それが、あの日から4年がたとうとしている現在になって、突然思い出したという。

「油揚げと蕪の味噌汁だった！　思い出してみれば、ただそれだけのこと」

あの日、あの時のどんな小さなことも心に刻みつけたいと思う気持ちになっているのだ、と彼女は言う。そうしないと、亡くなった方々に、「申し訳ないような」いたたまれない気持ちになる、とつけ加える。

当初、彼女の住居兼店舗は壁がはがれ落ちたり、店の品物が飛んでガラス戸が割れたり、屋根の瓦が飛んだり、といった被害だった。が、同居していた義母は転んで、腰と足首を痛めた。

「元気な86歳でしたが、徐々に歩かなくなり、表情も消えて、会話も少なくなり……」。一昨年の3月に、「蠟燭の炎が、すーっと消えるように」亡くなった。

それでも、自分たちははるかに恵まれている。そして恵まれているということ自体が、とてつもなく後ろめたく感じる時がある、という。後ろめたさは、被災地を遠く離れて暮らすひとが抱く心情のように思っていたわたしなのだが。

「特に、自分の家に帰ることのできない十数万の福島のひとたちを思うと」

彼女は裏の畑でとれた季節の野菜を、ずっと福島の知人に送り続けている。

「なんもできないけれど、自分に言ってんですよ、わたしは忘れない、決して決して忘れないって」

忘れることが罪なんです……。彼女が低い声で呟く夜。

本当にそうだと思う。日々の事件や東京オリンピックに心奪われて忘れてはいけない3月11日、5年目に入る。

魔女の休日

ひどい風邪を引きこんでしまった。一昨夜あたりから咳が止まらず、掌《てのひら》がやけに熱い。

「熱も出てきたな」

体温計を脇に挟むと、ええっ！　39度7分。体温計の目盛りのほうが、わたしの体感よりもはるかに高い。38度ぐらいだと思っていた。

子どもの頃、冬は特に気管支炎が長引き、大人たちを慌てさせたらしい。けれど、就職してからは、タフな落合と言われ続けた。いまでもタフな落合を続けている。しかし39度7分だ。別の体温計でも測ってみたが、差はない。目盛りを確認した途端、倒れそうな気分になった。どうやらわたしは、自分の体感よりも数字や数値を信じるタイプであるらしい。

日頃、医療従事者は数値や数字に振り回されず、患者の声や体感に丁寧につきあってほしいなどと書いたり言ったりしているのだが。

怠《だる》いな。この怠さ、久しぶりの感覚だ。体の各器官がバラバラになってパラパラ踊っているような。

「こういう時は、おなかにも優しいものから」と、すった林檎《りんご》を搾《しぼ》ったジュースをまず飲ませ、それから鍋焼きうどんを作ってくれた母はもういない。

体調が芳しくないと、気分もまた湿気過多のセンチメンタリズムに着地するようだ。

その上、この食いしん坊がなんにも食べたくない。

水分をとらないといけないと思うが、好きなコーヒーも紅茶もジュースもNO THANK YOU。無理してハーブティーを飲んで仕事先に。

「東日本大震災」から4年がたったいま、被災地の人々は？　ひとりひとりの「わたしの場合」を、手紙で綴るほぼ2時間のラジオ生放送だ。

他のひとが話をされている時に咳が止まらなくなったらどうしよう。風邪をうつしてしまったらどうしよう。ぼーっとした頭で考える。

こんなことが以前にもあったな、中学時代の英語劇の発表会。前夜から、熱も鼻水も咳も頭痛もマキシマム状態。記念写真の中のわたしは、何度となく鼻をかんだせいか、顔の真ん中が、季節はずれの赤鼻のトナカイ。学校の映写室の黒いカーテンを巻き付けてわたしが扮したのが魔女。クラス全員がお姫サン役に志願し、魔女役を望むものは皆無。誰もやらないなら、やってやろうじゃないか。ボストン・セイラムの魔女も民話の中のヤマンバも、権力に弓を引いた女たちかも。そう思ったのだ。

東日本大震災から5年目を迎えた3月。いまもって仮設住宅での日々、そして自分の家に帰れない福島の人々。わたしたちの税金は、どうして、それを必要としている市民に使われないのか。

魔女もヤマンバも出てこい！

感冒薬のせいで、ちょっと眠くなってきた。今夜はさっさとベッドへダイブ。しかし……、「眠るなよ。わたしの中の暴れ馬！」。モウロウとした意識の中で自分に言い聞かせる。

こぼれ種子

「ひとりばえ」という言葉があるようだ。なんだか心躍る響きだ。ひとりばえの「ばえ」は漢字で「映え」に当たるのか。あるいは「生え」なのか。どちらでもあてはまりそうな気がする。こぼれ種子等で生えるもので、この季節だとノースポールや忘れな草などもひとりばえで育ってくれる。

予期せぬところに育つので、それとは知らずつい抜いてしまって後ろめたさに襲われる。が、地面やプランターの表土に割り箸などで穴を開け、根を植えると、それでも充分に育ってくれるのが嬉しい。こぼれ種子で育ってくれる植物は、元来タフなのだろう。

この「ひとりばえ」についてわたしに教えてくれたのは、以前住んでいた家のご近所に暮らす高齢のご夫婦だった。70代後半の妻はシャキシャキと歯切れのいい元気なかたで、私立小学校の校長をされていたという夫は、おっとりとして静かな学究タイプのかただった。

ふたり暮らしで、小さな庭にはいつも季節の花々がそれは見事に咲いていた。この季節なら、クロッカスやアネモネ、ラナンキュラスなどの球根類が花をつけ、パンジーやビオラ、プリムラマラコイデス（桜草）といった一年草も花盛りだった。

4月になると、新しく入園したり入学したりした子どもたちに向けて、通学路にあたる道路脇に真紅のチューリップがずらりと並んだ。晴れた休日などは縁側に並んで、次やそのまた次の季節に咲かせたい花の相談などを、額を寄せ合ってされていた。

山口・萩に旅した時に求めたというペアの湯飲み茶碗とほっこりした形の菓子器の横に白い紙を置き、色鉛筆で花の名と色を組み合わせる作業に熱中するおふたり。仲のいい光景を遠くから眺めているだけで、幸せな気分を贈られたものだ。

白と淡い青色や薄紫の花の取り合わせが好きで、時々球根や珍しい種子のお裾分けにあずかったりもした。

わが家にいまもある鷺草《さぎそう》は、ご夫婦から分けていただいたものだ。

「陽当たりのいい、風通しのいいところに置いてあげて」

「冬も球根を乾かさないように注意してあげてね、でも水浸しだと根腐れになるからご注意を」

メモしたアドバイスと共にやってきた鷺草は、去年の夏も鷺が羽を広げて大空を舞うような純白のきれいな花をつけてくれた。

「彼が亡くなって、いろいろな後片付けを終えたら、わたしも彼のところに行けるといいのだけれど。こればっかりはその通りにはならないかもしれませんね」

そう言っていたが、夫が亡くなった2か月と4日後、彼女は逝った。

先日、あの家の近くを歩いてみた。庭にはこれもおふたりが好きだった紫花菜《むらさきはなな》が咲き始めていた。

確かに生きる、ということ。丁寧に暮らす、ということ。そんなことを教えてくれたおふたり。あの静かで深い静寂はどこから生まれたものだったのだろう。

ルピナスが咲くところ

「今日はそんなに遅くならないはず。帰りに花屋さんに寄ってこれるな」

その日の外での仕事の確かな着地点と時間が、朝一番に見える時は、嬉しくなる。

キッチンいっぱいに差し込む明るい陽射しの中でお湯を沸かす。晴れているだけで、こんなにも心弾むのだから単純なものだ。

これから短い原稿を2本書いて、クレヨンハウスに出勤。少し早めのランチは、女友だちととる予定。

この2年間、原因不明とも当初は思われた病で苦しみ、辛い入院生活を続けていた彼女だが、無事に職場である大学に復帰。「この春は、卒業生を光の中に送り出すことができました」

花冷えの季節。夜は冷えるといけないのでランチと決めたら、この明るい陽射し。「Welcome Home!（お帰りなさい）」にぴったり。

窓の外、家々の屋根や外壁がオレンジ色に輝いている。すでに洗濯物が翻るベランダもあり、大きなTシャツと、その3分の1ほどの小さなTシャツが並んで揺れている。

しあわせな朝の光景……。家の内側ではこの光とは正反対の、濃い影が差している場合もあるだろう。悩みとまったく無縁の家庭などあるはずはない。それでも今朝は、光溢れるこの光景だけを見ていたい。

友人とのランチの後は対談。それを途中で抜け出して、参議院議員会館へ。福島のひとたちとの集会だ。僅かな時間だがスピーチがある。いまもって12万人の住民が家に帰ることができないでいるのだ。3・11以降、議員会館のガードマンのひとたちの中にも顔見知りになったひとがいる。会館の中には、福島にも沖縄にも無関心としか思えない腹立たしい議員もいるが、そんな議員さえも仕事としては警備する立場のひとだ。議員会館でのスピーチが終わると、再び対談に。場所が近くでよかった。

「福島のことだったら、むしろ、わたしも参加したいくらいです」

そう言って、途中の抜け出しを許してくださった対談のお相手、先輩に深謝！　そのあと、もう一度クレヨンハウスに戻って、月刊誌の校了につきあって、今日の外でのスケジュールは無事終了となる。あとはわたしのフリータイム。

毎年種子蒔《ま》きにトライするのだがどうしてもうまく育ってくれないルピナスの苗が、花屋さんの店頭に並んでいるのを見つけた。紫と薄紅と白と、藤の花を逆さにしたような花の形から、「昇りフジ」とも呼ばれるルピナスだ。

いままで見た中で最も見事だったのは、夏のはじめの北海道夕張でのルピナスだった。

かつて炭鉱の町として栄え、いまは住むひとがいなくなってしまった家々の庭や空地に、それは見事に咲いていた、一面のルピナス。息を飲むほど、めまいがするほど見事だった。

町の歴史を考えると、美し過ぎて心に痛くもある風景ではあったが。

今年はふらりと、あのルピナスに会いに行く時間があるか？

鬼の目にも

「昨夜から携帯が壊れたようで、電話でのやりとりができません。朝一番で携帯ショップに行ってまいります」

このエッセイを担当してくださる編集者さんから早朝に丁寧なメールが。仕事柄、携帯不通となると、頭真っ白状態だろう。

家庭のダイヤル式の黒い電話も、公衆電話のボックスも赤やピンクの公衆電話も知っている世代には、携帯電話は「近年」登場したという意識のほうが強い。先輩や友人の中には携帯を持たないひともおられる。それはそれで選択であり、ひとつの意思表示でもあるだろう。

先日、ベッドの中で携帯握りしめて、涙ぐんだことがあった。鬼の目にも涙だ。「意地っ張りでタフな落合」と呼ばれて久しいが、個人的にはデリケートと言われるよりも、「タフなじょっぱり」を貫き通したい。自分の内側に密かに生息しているであろうデリカシーとやらを、そんなに容易に他者に見せてはなるもんか！　ま、わたしのしょうもない気取り、のようなものだ。

そこで不要な力を入れて、恒常的な肩こりに悩まされるはめになるのだが、自業自得。

さて、携帯が運んできた涙である。3月は40度近くの熱が数日続き、酷《ひど》い目にあった。「いやあ、鬼の霍乱《かくらん》」といまでは笑って言えるが、この食いしん坊が数日間は固形物をとれなかった。こういうことも「タフなじょっぱり」にとってはオフレコ事項なのだ。が、たまたま電話でお話をしていた先輩の女性作家に、つい伝えてしまった。高熱のせいかもしれない。そうして事件、発生！

「あなたはいつだって、大丈夫って言うんだからぁ」。心配した彼女が、同業の友人（わたしと同世代）に連絡。彼の携帯からわたしの携帯に至急の電話が入った。

「代わりに行くから、寝ていなさいよ」。翌日は福島で開かれる反原発の県民大集会に参加する予定だった。そこを代わりに行ってくれる、という電話だった。

「明日の朝になっても熱が下がらなかったら、電話かけてきて。行ける準備しとくから」

優しい口調に、涙、涙。ついでに鼻水も盛大に。先輩女性は携帯をお持ちにならないので、「じょっぱり、危うし」という速達を出してくださった結果の電話である。急いでポストまで行かれるのも大変だったろうと思うと、そこでまた盛大に涙と鼻水が。

おふたりのお名前は、ご本人に了解を得る時間がないので（締め切りギリギリ）伏せることに。

「闇の中に座るひとは夢に火をともす」。そう言ったのは、ドイツの作家であり詩人ネリー・ザックス（女性）だった。わたしを涙と鼻水だらけにしてくれたおふたりもまた、「闇の中に座る」日々の中から言葉を、作品を、思想と姿勢を紡ぎ出されている。

P.S. 先輩女性作家は澤地久枝さん。代わりに行くと電話してくれたのは、評論家の佐高信さんである。こころから敬愛するおふたりだ。

つられて……

蕎麦《そば》が好きだ。だいたい昼食は、蕎麦が多い。

毎日でも飽きない。

こちらにこの店、あちらのあの店、そちらにもその店というように、普段の行動範囲の中に、好きな蕎麦屋がある。特別のことは望まない。ま、蕎麦が旨くて、店がこざっぱりしていて、明るく無駄のない対応があれば。

妙な演出めいたものは別にいらないし、真昼からあまりウンチクを傾けられるのも、気分的にちょいへビー、といったところだ。などなど、客からの注文は多い。

浅草や上野、鎌倉、長野、そしてそして、と好きな蕎麦屋は幾つもある。通常は渋谷を基点に動くことが多いので、お昼に浅草の蕎麦屋へは、ちょっと距離があり過ぎ。だから、新幹線で東京駅や上野駅に早めに戻れると、いそいそと浅草や上野の蕎麦屋を目指す。

だいたい真冬でも冷たい蕎麦が好みだ。他にも天丼やカツ丼なども置いている町場の蕎麦屋だと、香りにつられて時々カレーが食べたくなる。蕎麦つゆの隠し味が利いた、独特の風味あるカレーだ。かなりの着色料を使っているであろう福神漬けも、こんな時は、食べちゃう。

子どもの頃、年に数回浅草などに行くと、祖母が蕎麦屋に連れていってくれた。松竹歌劇団の、この季節なら「春のおどり」を観て、そのあとは仲見世をそぞろ歩き、花やしきなどで遊んで、それから蕎麦屋というのがいつものルートだった。店には馴染みであるらしい、近隣の店の女将《おかみ》などがきりりとした和服姿で、日本酒をひとり傾けながら時折焼き海苔などを舌にのせていた。それが子どもにはなぜかとても格好よく見えて、大人になったら、ああいう風に蕎麦屋とつきあいたい、と憧れたものだった。

女将のしめは、だいたいがザルかカケだった。それも格好よく見えた。蕎麦が終わるとすっと席を立って、「ごちそうさま。お勘定、お願いね」。

池波正太郎さんの世界にひょいと迷い込んだような光景だった、といまにして思う。

あの子どもがいまは70歳。無念なことにアルコールはまるで駄目。女将のような蕎麦屋とのつきあいはこの先もできないに違いない。

先日、知らない街のはじめての蕎麦屋に数人で入った。通りを挟んで2軒の蕎麦屋があり、ひとつはかなり大きな構えで、もう一軒は、いかにも町場の蕎麦屋といった感じだった。

「どっちにしようか」

意見は分かれたが、遠い昔に憧れたような和服の女将風が水色の風呂敷包みを抱えて、後者の店にすっと入っていった。つられて、わたしたちもその店へ。きっと旨い店だよ、と連れたちとうなずきあって……。しかし、わたしたちをその店に誘った女将風は席に座らず、「ただいまー」。蕎麦屋のひとだったのだ。

水色の風呂敷包みの中は、「桜餅、買ってきたよー」だった。

ウィスパー・ヴォイス

「思い出せない、ね、教えて」が、増えている。

「『ビター・スイート』って女の友情をテーマに描いた、米国だっけ？　女性セラピストの単行本の著者、誰だっけ？」

夜のそんな電話がいよいよ増してきた。インターネットで検索できることもあるのだが、近況報告やおしゃべりも一緒にとなると、電話になる。

そう、お察しの通り、同世代はほぼ一斉に記憶の回路に少々の目詰まりを起こしつつあるようだ。

前掲のように小説のタイトルや著者、映画のタイトル、監督名。主演は思い出せても、いわゆる脇役の名前等々。60年代の洋楽（なんか懐かしい響きだ！）のイントロを受話器の向こうで歌ってくれて、「タイトル、なんだっけ？」もある。

昨夜もそうだった。

「ヤヤヤーヤ、ヤ、ヤ、ヤで始まる、あの曲。ベビーヴォイス、ウィスパー・ヴォイスっていうの？　囁《ささや》くような女の子の声で、ヤヤヤーヤ、ヤヤヤヤ」

当時の歌は、ヤヤヤーヤとか、ダンドゥビ・ドゥ・ダンダンとかいう歌い出しが多かったから、すぐには思い出せない。

ヤヤヤーヤを繰り返す受話器の向こうの彼女もまた囁き声だ。それにはわけがある。

彼女はいま、介護する母親のベッド脇に子機を持ちこんで、電話をかけているのだ。母親がようやく熟睡してくれた。そこで、電話をしてきたのだ。母親が目を覚まさないように、電話の声はだから自然、ウィスパー・ヴォイスとなる。

そして、他愛ないおしゃべりに、「ヤヤヤーヤ」が加わったのだ。こういったほんの少しの肩の力を抜いた時間が、介護をする者にも必要だと痛切に思えた日々が、わたしにもあった。

それをわたしは、介護の日々を記した『母に歌う子守唄』で、「小さなお祭り」と名づけた。

その小さな祭りを、母の寝息を確かめながら、彼女はいま実行中であるのかもしれない。つきあわないでどうする？　いつだっていいよ、と心の中でつぶやきながら、すでに介護するひとのない自分の日常を少し淋しく思うわたしがいるのも確かだ。

ところで、検証の結果のご報告を。『ビター・スイート』の著者は、ルイーズ・アイヘンバウムとスージー・オーバック。

「ヤヤヤーヤ」で始まるあの曲のタイトルは『悲しき16才』。ケーシー・リンデンが歌っていた。数年で引退してしまった彼女だが、1938年生まれだから、現在70代半ばになるはず。

笹本恒子さんに質問

100歳まで仕事を続けるには？

落合　2014年の9月で100歳になられました。改めて、おめでとうございます。ご自分では、100歳になったらと想像されたことはおありですか？

笹本　本当に100歳まで生きるかしら、なんて思いましたわね。忙しい日を過ごしていて、気がついたら96歳になっていました。それまで年齢は公表していませんでしたけど、私も老い先が短いんだからと思って、96歳の時に年齢を明かしたんです。そうしたら96歳の記念にと、ギャラリーの方が展覧会を開いてくださり、それを朝日新聞が書いてくださって。珍しかったんでしょうね。

落合　しかも現役ですものね。ある年代になったら結婚をして、母になって、それがトップモラルだった時代に、いわゆる「職業婦人」だった笹本さんは、日本の昭和史だけでなく、日本の女性史も生きてこられた方だと言えると思います。

笹本　そうですわね。私がカメラの世界に入った時、母は親戚から笑われました。

「偉いね、娘さんを働きに出したんだ」って皮肉も言われて。

落合　「働きに出す」という表現なんですね。娘さんが「職業を持った」ではなくて。

笹本　ええ、お金は一円も家には入れていないのに。たまに母に「あげようか」って言うと、「子どもの働いたお金はいりません」って言って、受け取ってくれませんでした。それなのに、周りの人は「働きに出した」って言うんですよ。

落合　最初は画家を志望されていたのですよね？　東京日日新聞、現在の毎日新聞にカットを描いていらして。

笹本　2年くらいね。でもある日、棟方志功さんに代わっていたんです。とてもお上手で「これは参った」と思いました。

落合　そこから写真の道へ。プロの道は男性でも厳しかった時代だと思うのですが。

笹本　林謙一さんという方が、財団法人の写真協会を作られた時にお会いしたんです。そのとき報道写真家にならないかと誘ってくださって。日本には報道写真家の男性も少ないけど、女の人はひとりもいない。アメリカでは女性もいて活躍していますよと。マーガレット・バーク＝ホワイトさんは、『ライフ』の表紙も写したと聞かされて、特にその一声にドキンとしました。それが決め手でしたね。

落合　お父様とお兄様が「守旧派」と言いますか、笹本さんのお仕事に反対されて。

笹本　味方だった母が亡くなって、いよいよ辞めさせられたら困るので、「早く家を出よう」と、毎日会社のロッカーに、少しずつ洋服を運んでおいたんです。

落合　それで「プチ家出」をされた。

笹本　仕事は続けたいけれど、家がうるさいからどこかにアパートでも借りたいと、怖い部長さんに頼んだんです。そうしたらしばらくして、「皇紀二千六百年の式典行事があるから、大阪出張しなさい」って言われて、大阪へ。

落合　本当にお母様だけが、笹本さんの味方だったのですね。

笹本　ええ。母だけが、ありがたいことに、私をちゃんと理解してくれました。

落合　素敵ですね。母と娘の関係は、ボタンをかけ違うと相手の翼をもぎ取ってしまうことも多いですけど、それは幸せでしたね。なぜお母様は賛成してくださったんでしょうか？

笹本　なぜでしょうね……。20歳を過ぎるとどんどんお嫁に行く時代に、母は「なにも急いで行きなさいとは言いませんよ」と言っていました。好きなことがあればそれをやっていて、誰かいい人が見つかったら結婚すればいいじゃない、と。いやに進歩的なことを言ってくれました。

落合　お母様ご自身が、もうひとつの人生として夢見ておられたことなのかも。

笹本　唯一の味方でした。

落合　私はちょうど敗戦の年に生まれていますので、笹本さんの作品、たとえば蟻の街のマリア（社会奉仕家の北原怜子《さとこ》）や、初代南極観測船・宗谷の写真などと子ども時代が重なるんです。

笹本　まあ、そうでらっしゃる？

落合　でも、わたしたちが見て育ったあれらの作品を女性が撮っているというのは驚きですし、素晴らしいことだと思います。

笹本　嬉しいですね。

落合　若いほうからしてみると歴史上の大人物を大勢撮ってこられましたでしょ。印象に残っている方は？

笹本　そうですわね……。（詩人・小説家の）室生犀星先生はとても怖うございましたね。室生先生は写真が大嫌いだから、女のカメラマンならいいかもしれない、ということでまわってきた仕事だったんです。何を着ていこう、ズボンをはいていったらいけないだろう、スカートにしてスーツにしよう、とか。もうこちらのほうが大変で（笑）。

落合　衣装代は出ないし（笑）。

笹本　本当にそうです。室生先生の『女ひと』を読んだら、つゆ草の花が好きだと書かれていて。あのつゆ草を、あの怖い先生が好きだっておっしゃるのはすごいな、きっと内面はお優しいのだろうと思いました。

落合　小さなブルーの花、お好きだったのですね。

笹本　それも頭に入れていきましたけど、お目にかかったら、やっぱり怖い顔をしていらっしゃいました。

落合　そうなんだ（笑）。

笹本　自民党の黒幕と言われた三木武吉《ぶきち》さんも印象深いですね。6時間待たされた後、玄関で河野一郎議員と並んだ写真しか撮れなかったんです。それで怖かったけれども「恐れ入りますが、お部屋の中で……」とお願いして撮りました。あとで「俺は女に甘いんだ」っておっしゃっていたと助手から聞きました。知っていれば安心できたのに。

落合　男性もすごい存在ばかりですが、笹本さんは明治生まれの女性をお撮りになって、時代の証言ともなる写真を残しておられますよね。

笹本　明治の女性は、とても立派だと思います。男尊女卑の世の中で、電化製品がない時代に、赤ちゃんを背負って、ご飯を炊いて、夫に尽くしたうえで、自分の仕事をして名をなした方ばかりでしたから。その方たちの姿や言葉を形に残すのは、大正の初めに生まれた私しかいないと思ったんです。

落合 どなたが印象に残っています？

笹本 お偉いと思ったのは、（料理研究家の）阿部なをさん。明治の女性の中では、いちばんきれいな方じゃないかしら。キリッとしていて。ご主人が若い女性との間に子どもを作ってしまった時は、ふとんまで綿を入れ直して持たせてやりましたとおっしゃって。

落合 怖～い……と一瞬思ってしまいますが（笑）。

笹本 初対面でそんな話が出たものですから、私もビクビクしました。でも思いやりのあるいい方で。2度目に撮った時だったかしら、「よいお友だちになれそうだと思いました」と書かれた葉書をいただいたんです。私はその一行を宝物のように思っていて。何よりも嬉しい言葉でした。

落合 女性にとって、同性からのエールほど嬉しいものはありませんし、励みになりますよね。

笹本 ええ。ただ、男性とは違った怖さがありますね。批判的な目で見られるんじゃないかしらとか、何を聞いたらいいかしら、**落合**　フォトジャーナリストとして、撮りやすい方というのは？

笹本　やっぱりそれはありますわね。向こうが優しく、やわらかく接してくださればよろしいですけど、気張ったような態度だと怖うございますね。みなさん、新聞で見たことのあるような偉い方たちですから。

落合　そうでしょうね。

笹本　ずば抜けておもしろかったのは、不倫の恋を貫いた（俳人の）鈴木真砂女さん。華奢《きゃしゃ》な方でね。取材をすると「ここからはオフレコ」とレコーダーを止めて、きわどい話もしてくれました。本当におかしかったわよ。

落合　真砂女さんの句、ドキッとしますよね。世紀の恋も、垣間見られることが多かったでしょう。

笹本　そうかもしれませんわね。お会いした中で、いちばん優しさを感じたのは、（作家の）佐多稲子さん。駆け出しの私がカメラを持ってお会いした時、暑い日だったんですが、私の質問に答えながら、私をうちわであおいでくださったんです。そういうことはなかなか思いつかない。

落合　以前、渋谷の街でデモをした時、すぐ横におられたんです、佐多さんが。ちょっと震えました。作品はもとより、りりしく気品がある方でしたね。デモをされる時も、すっと背すじがのびておられて、それは美しかったです。

笹本　そうでしたか。

落合　戦争も、敗戦も体験された笹本さんには、現代という時代がどう感じられますか?

笹本　怖いですし、恐ろしいですね。国会議事堂前に、みなさんが集まっているのを見ると行きたくなります。ヨボヨボしてしまうから、今は行けませんけど……。本当はあそこに行って、私も一緒に叫びたいの。

落合　ここまできてしまうと、もうひとつの戦前だ、という言い方があるかと思います。

笹本　本当にそうですね。昔は鉄砲玉の代わりに人間を入れたじゃないですか。魚雷とか、飛行機とか。でもそれを指揮する人は……。

落合　安全なところにいる。

笹本　おいしいものを食べてね。それなのに〝葉書〟一枚で、そういう人を集めた。よくああいうことができたと思いますね。人間を変えてしまうのね、戦争は。

落合　無念です、繰り返してはならないですね……。ところで笹本さんは、おひとりで暮らしてらっしゃいますね。

笹本　はい、もうずっとひとりです。

落合　ひとりで、ある年代以上の季節をていねいに生きていかれる。それもいきいきと、素敵に生きるコツってなんだと思いますか？

笹本　一生懸命やれることを持つことです。お料理でもお裁縫でも、何でもいいの。みなさんに言っています。何でもとことんまで覚えなさいと。先生よりうまくなってやる、ぐらいの心構えで習いなさいって。レストランに行ったら、「おいしい」だけでなく、そのおいしいソースの作り方を覚えてきなさい、と思います。

落合　せっかくですものね。

笹本　それに、「芸は身を助く」なんです。絵描きを目指していた時、絵描きじゃ食べられないよと言われたので、洋裁をまず習いました。その後、写真を撮りながら、洋裁店も開いたんです。

落合　アクセサリーも作ったり、デザインされていらっしゃった。

笹本　その前にフラワーデザインをしているの。フラワーデザインで、ウインドー装飾もやったんですよ。写真の仕事がない時は、こういう仕事が助けてくれました。

落合　「この道一筋」も素晴らしいですが、この道も、あの道も、その道も、おもしろかったらどの道も、というのが笹本さんですね。

笹本　どちらかというと生きるために何でもしてきたんです。洋服のコーディネートや、写真の撮り方、食事のマナーなども講師として教えましたよ。

落合　お話をうかがっていると、笹本さんは美しいものがお好きなのだと感じます。それぞれの人が、その人として美しく輝くということに全部つながっていくのかもしれない。

笹本　そうかもしれませんわね。

落合　現在の典型的な一日を教えていただけますか？

笹本　普通ですよ。6時には起きるようにしていて、木曜日はＮＨＫの『ニュースで英会話』を見ます。チャッチャッとたまにメモを取りながら。6時25分からは、テレビ体操。

落合　毎朝体操をされるんですね。

笹本　ええ。それからシャワーを浴びて、朝の食事。簡単にパンとカフェオレ。そのあとは、いろんな仕事をゴチョゴチョと。

落合　ご執筆も大変でしょう。

笹本　時間がありません。今日やろう、明日やろうと思っているのですが……。パソコンができないから、手書きなんです。

落合　手書きは貴重です。

笹本　でも、腕を痛めちゃって。今年中に1冊出したいと欲張ったけど、とてもじゃないけど間に合いませんわね。来年です。

落合　夜は何を召し上がるのですか？

笹本　ワインを主食に、お肉をいただくことが多いかしら。

落合　主食がワインなんだ（笑）。でもそれが、お元気の秘訣なのかもしれない。次は何をお撮りになりたいですか？

笹本　やっぱり、目立たないけど、いい仕事をしている方を取材したいです。

落合　そういう方は、たくさんいらっしゃるんですよね、本当は。

笹本　『夢紡ぐ人びと』では、消えようとしていた北海道・富良野のラベンダーの復活を試みた富田忠雄さんや、戦地で亡くなった絵描きさんたちの作品を集めて「無言館」を作った窪島誠一郎さんなどを取材し、撮影しました。

落合　スポットの真ん中にいる人生も素敵かもしれませんが、周辺で淡々と、でも確かに生きておられる方には、とても惹かれます。

笹本　たくさんいらっしゃると思いますね、陰で人のために努力している方が。これからもひとりでも多くの方を紹介したいと思っております。

落合　素敵な作品にまた出合わせてください。

（2014・10・24）

ささもと・つねこ　1914年、東京生まれ。日本初の女性報道写真家。40年、財団法人写真協会入社、戦後に千葉新聞の記者等を経てフリーに。2011年、吉川英治文化賞、日本写真協会賞功労賞受賞。著書に『ライカでショット！——私が歩んだ道と時代』『好奇心ガール、いま101歳——しあわせな長生きのヒント』など。

待合室

眼科の待合室。歯の治療が終わったら、今度は目の検査である。加齢からの、受け取り拒否はできない、容赦のない「贈りもの」だ。元来、贈りものはするのもされるのも大好きなのだが。歯の次は目かよ、笑うしかない。

去年あたりから、視力がガクッと落ちた。老眼鏡を替えても元には戻らない。読書の速度も落ちたし、パソコンを打つ速度もまた。速度がすべてとは思わないけれど、すこぶる不便だ。友人の多くはレーザー手術をしたが、わたしは迷っている。今日は視力検査をして、今後についての相談をするために、ここ、待合室にいるのだ。

それにしても、空港であれ駅のそれであれ、待合室というのは不思議な時空を提供してくれる。本を開くか、居眠りするか。同じ空間を分かち合っているひとの、さりげない観察者になるか……。そうして、粛々と自分の名前が呼ばれるのを待つ。

余談ながら、この場合の「粛々と」とは、本来の意味の、静かに、厳かに、密やかな様子のほうで、政治家が頻繁に使うあれとは違う。言いわけがましくも、共感のかけらもない（ように、どうしても聞こえる）、市民への上から目線の「粛々と」とは違う。

さて、眼科の待合室にいるのは、わたしを入れて3人。さっきまでいた小学生が帰ったので、空間の年齢が高くなった。

おふたりは、この待合室で顔見知りになったらしい女性。70代の半ばだろう。そこに70歳のわたしが参加したのだ。

前にも書いたが、こうして原稿に「お年寄り」のことなどを書く時、わたしは自分がその中のひとりだということを忘れている場合が多い。

さて、待合室のふたりの会話は、ハナミズキの話からこの連休の過ごし方に。

「そりゃ、あなた、うちで過ごすのがいちばん。どこ行っても混んでるし」

「何年か前に、たまには温泉で疲れをとろうと誘われて、息子夫婦と一緒に温泉行ったのよ、車で。この年になると、トイレが近いし、渋滞は鬼門でしょ？」

わたしも、「そうそう」と合いの手を入れたくなる。

「普段はお水をしっかり飲まなくちゃと思ってるのに。水分控えて、温泉で汗かいて、帰りはまた渋滞で。疲れがとれるどころか、ヨレヨレ」

「だから連休はおうちがいちばん、と」。この連休もわたしはバタバタ走り回る予定だ。元気に動けるのはありがたいと思う半面……。快晴の休日、濡れたように光る柿若葉を見上げながら、夏に向けて、グラジオラスや花生姜《はなしょうが》の球根を植えつける休日に憧れるが。

待合室のふたりのうちのひとりが財布からメモをとりだして読み上げた。

……五十六十は　花なら蕾《つぼみ》　七十八十は　働き盛り　九十になって迎えが来たら　百まで待てと追い返せ……。どこかのお店に貼ってあった言葉だそうだ。待合室にはネタもあるのだなあ。

不確かさの魅力

午前5時31分。あと1時間でこのエッセイを書き終えて、羽田空港に向かう予定だ。おっと、その前に花たちの水やりを忘れずに！　昨日はすこぶるつきの快晴だった。気温も高く、爽やかな風も吹いていた。

今日も同じような天気だとラジオが伝えている。こんな日は、土が乾きやすい。特にハンギングバスケットの植物は要注意。「もっと水を」と彼女・彼らは喉を渇かしている。

陽春から初夏へ移るこの季節、水やりはこまめに、かつしっかりしないと悲しいことが起きる。土の表面が乾いた時は、バスケットやプランターの底から水が流れ出るほどたっぷりと、が鉄則だ。もちろん加湿を嫌うものもいるから、ここでも要注意だが。

今夜は帰京してから他の予定もあるので、帰宅は遅くなる。それで、朝イチの水やりは必須ということになる。

ところで……。年を重ねるということは、日常から「はじめて」が減っていくこと？　いや、そんなことはないと以前にも書いた覚えがあるが、わが家の庭では、去年の秋に種子蒔《ま》き初挑戦をしたギリアがいま花盛りだ。ここにも初体験がある。青紫の小さな花が集まった球状の花が次々に開花してくれている。

正式な名はギリア・レプタンサといい、ハナシノブ科であるらしい。野性味あふれる様子も素敵だし、切れ込みが深い涼しげな葉（コスモスのそれにも似ている）も素敵だ。その涼しげな葉の間から、小さな花の集まりが空に向かってクイッと頭をもたげている。草丈は60センチか70センチぐらいの、秋蒔き一年草だ。

毎年、その季節がくると忘れずに咲いてくれる多年草も楽しいが、一期一会感が強い一年草にはそれ特有の、わくわくどきどきがある。いまこの瞬間を逃したら、来年のこの季節まで会えないぞ、という優しい緊迫感。

そうだ、思い出した。はじめてこの花に会ったのは、米国オレゴン州の夏。週末ごとに街の中心にある大きな公園で開かれる野外マーケット。トマトやズッキーニ、ベリー類、香り立つハーブ、焼き立てのまだあったかい手作りクッキー等々。仮設ステージでは、その街にあるレストランのシェフが登壇して、マーケットに並ぶ野菜や魚などで、その場で料理を作ってみせていた。明るい陽射しのもと、子どもたちも犬たちもはしゃいでいた。

その一角に切り花のコーナーがあり、ギリアにはじめて会った記憶がある。あの夏から、わたしはギリアに焦がれていた。

英国の女性作家、わたしの世代では『碾臼《ひきうす》』でなじみのマーガレット・ドラブルは言っている。When nothing is sure, everything is possible. すべてのことが不確かな時、すべては可能性の中にある、と。植物とのつきあいにも不確かさがある。その不確かさこそが、醍醐味でもあるのだが。

ただいま午前6時43分。さ、植物たちにたっぷりと水やりをして、羽田に向かおう。

5月に

ファックスで送られてきた、校正ゲラ。その片隅に記された、ご担当からの言葉を読んで、ふっと笑った。

「子どもの頃、母に連れられて、よくクレヨンハウスに行ったことを思い出します」

長年続いている新聞のコラムの担当者が異動で代わられた。新しく担当になったかたからの、メッセージである。

彼が子どもの頃? とすると、彼は幾つ? 前任のかたから「今度はうーんと若返ります」とお聞きしていたが。ほんとに若返ったようだ。

一緒に仕事をするのが、少し年下になってきたのは、いつ頃からだったろうか。ある時までは年上で、ある時からはほぼ同世代に、そしてある時から少し年下。オール年下であることに変わりはないが、同じ年下でも、この年の差は……。わたしが40代の頃、彼は麦わら帽などかぶった、小さな子どもであったのだ。「遠くでお見かけしたこともあります」って、子どもの目に、本屋のおばさんはどう映っていたのだろう。

２０１５年の12月でクレヨンハウスは40年目に入る。子どもの本の専門店、女性の本の専門店、有機食材の店、その素材を使ったレストラン等々、思いつくままに展開してきてしまった。友人たちは「無謀の落合」と呼び、「よく続いたよなあ」と言うが、最も驚いているのは、わたし自身かも。

「もうダメか！」と思う時も過去にはあったが、そんな時、わたしのアドレナリンは過剰放出状態で、やたら元気に見えるようだ。大変な時こそ、元気になるのだ。「どっか運動体風ですね」。店内に貼られた「さようなら原発」のポスターや、「ＮＯ　ＮＵＫＥＳ」の文字にそう言うひともいる。

「わたしんちだもん、好きにやらせてくれえ」と、そこはわがままを通させてもらっている。絵本を中心にささやかに出版の仕事もしているが、１冊の月刊誌と１冊の隔月刊誌もある。毎月校了前には、老眼鏡越しに文字を追う。

時々は、「ここんところ、ちょっと表現変えてみない？」「表紙のバック、も少し明るめにできるかな?」などと注文をして、編集スタッフに渋い顔（考え過ぎか?）をされる時もある。『長田弘全詩集』の刊行を見届け、5月3日に亡くなられた詩人の長田弘さん。絵本や詩画集を刊行させていただいた。先に逝かれた最愛のおつれあいに捧げた詩画集『詩ふたつ』もご一緒したが、その「あとがき」で、長田さんは次のように記されている。
「亡くなった人が後に遺してゆくのは、その人の生きられなかった時間であり、その死者の生きられなかった時間を、ここに在るじぶんがこうしていま生きている」

光が強い午後は、影もまた濃くなると実感させられる5月である。

しばしの雲隠れ

夕暮れまでには時間がまだたっぷりとある旅先でのこと。空は青く、光は明るく、広々とした駅前通りにも新緑が溢れている。

遠くに目をやれば、広葉樹と針葉樹が混在する道があり、山々が明るい空にくっきりと稜線を刻む。

駅前通りには、ハナミズキが白と薄紅の花を空に向けて開き、足元にはヤマブキがしなやかな枝に鮮やかな黄の花をつける。

夏には観光客で混み合う町のメインストリートも、ウィークデイということもあって、人影はまばら。あと1時間もすれば、この町で暮らす人々の夕の買い物が始まる頃だ。

まさに深呼吸にもってこい！の光景であり、空気の清新さだ。湿度の低さも気持ちいい。

朝であるなら、さらに深い呼吸ができそうな……。ポケットの底に落とした新幹線のチケットの端を指先で確かめながら、わたしは迷う。今夜はこの町に泊まろうか。必要な小物はどこかで調達すればいい。幸い、ノートパソコンは持参しているから、明日の朝までにと約束している原稿は、ここでも書ける。

余談ながらｉＰａｄを持ち歩くのはやめた。使用するこちら側の問題だろうが、わたしの場合、原稿には向いていないようだ。それで古いノートパソコンを持ち歩いている。

それに明日の外での仕事は午後からだから、明朝に帰京しても大勢に影響はない。決めた！　今夜と明朝は、この町で深呼吸しよう。

問題はホテルに空き室があるかどうかだが、ウィークデイだからたぶん大丈夫。予感は当たり、部屋がゲットできて、「ほっ」。新幹線のチケットも変更して、「ほっ」。駅前で小物の買い物も済ませて、「ほっ」。ホテルに到着。部屋に案内されて、「ほっ」。予定変更の電話を何本かかけ終えて、さらに「ほっ」。めでたく雲隠れの時間開始である。

介護する母がいた頃は、決してできなかったスケジュールの変更がいまは難なくできることが、ちょっと淋しくもあるのだけれど。いまは雲隠れを楽しむことに専念しよう。

案内されたホテルの部屋は、木々の葉が緑のレース模様を空に刻む、ゆったりとした庭に面していた。朱やローズピンク、白、薄紫、黄色とツツジやサツキが咲く中庭を見下ろして深呼吸。それからバスタブに湯を充たす。

明日の朝は野鳥の声と共に起きよう。そして散歩をしてから、庭を眺めながら美味しいコーヒーを飲もう。コースの朝食もいいけれど、ホットケーキとトマトとクレソンのサラダとかいうアラカルトも素敵だ。そんなことを思いながら夕暮れが淡い闇を連れてくる前に、まずは散歩へ。

何があるわけでもない。何もないぜいたくな散歩道。そうしてたっぷりの睡眠と野鳥の声で目を覚ました翌朝。

えーっ？　寝坊したっ。美味しいコーヒーも焼きたてのホットケーキも朝の散歩も諦めて、駅に急ぐわたしがいた。それにしても朝寝坊。いつ以来のことだ！

前倒しの季節

ここ数日、わたしが暮らす東京では、真夏のような暑さが続いている。この間訪れた北九州でも山形でも暑かった。季節がどんどん前倒しになっていくような気もしてならない。

わが個人的季節感は、舌と胃袋が欲するものと、借景も含めて折々に咲く花や緑で成り立っている。それらもやはり前倒し、前のめりであるようだ。

中学時代だったたか、この国はモンスーン地帯で、四季がはっきりとしていると習った覚えがある。が、その区分けもどうも怪しくなってきたような……。春と秋が短くなっていると感じるひとは多いのではないか。四季があいまいになった列島は、なんだか悲しい。

わが家にもクレヨンハウスにもユリがたくさんある。一度球根を植えつければ、真冬の霜よけなどを除いて、あとはほとんど手間要らずの、親孝行な花だ。

以前は6月〜7月に開花していた各種のユリが、ここ数年、5月の初旬からすでに咲き出している。わが家の場合はゴールデンウィークの間に、今年最初のユリがぽっかりと開花した。

大輪のオリエンタルリリー、カサブランカ、鉄砲ユリ、スカシユリ等、深鉢で育ってもらっているのだが、驚くほど開花の時期が早い。存在感のあるユリの花に合わせて、他の初夏から夏に咲く花の種子蒔きをし、配置なども考えているのだが、前倒しの開花で計画通りにはいかない。

園芸書や種子等のカタログを再チェックしても、ユリの開花はほぼ「6月〜7月」と記されていて、わたしの記録ノートでもそうなっている。

背が高いユリを背景にして、その前にやや低めの紫の濃淡と、花弁の縁がほのかにピンクに染まるグラジオラス……。といったスケジュールは、ここ数年裏切られっ放し。しょんぼり。

7月初旬頃まで咲いてくれているはずの、大好きなロベリアはすでに花の終わりを迎えているし、薄紫の小花が小さな手毬《てまり》状に集まって咲くギリアも同様。

去年は向日葵《ひまわり》の種子を千粒以上蒔いて、夏休みの間中ずっと咲いてもらうはずだったが、夏休みが始まる前にほぼ開花。今年は種子蒔きを去年より遅らせ、5月の連休が終わってから10日ほどの間隔で、何度かに分けて蒔いている。が、どうなることやら。花もそうだが、農作物はどうなるのだろうか。

「そのうち、この国では米が北海道でしかとれなくなる時代が来るのではないか」。そう言う研究者もおられるそうだが、有機の八百屋をやる身としては、ここにも不安材料が。

各地での竜巻の発生を見ても、自然災害も含めていやなことが次々に起こりそうで、なんとも心落ち着かない初夏。

花や味覚の季節感は、天候についていくしかないが、この列島、どこかおかしい。

今夜は、素麺か冷やし中華にするか。わたし自身、せっかちで前のめりな性分だが、危険な時代への前のめり・前倒しだけは勘弁してくれ。

完全借景

日々ひとに会う。仕事でも、その他の場面でも。

昨日は取材（したり、されたり）と打ち合わせで、数えてみたら22人に会った。3人が一緒、6人グループでというケースもあったからだ。

どう考えても、わがキャパシティを超える人数だ。会ったひととは気持ちよく別れたいと願いながら、「ひと疲れ」が溜まってくるとインタビューなど少々雑に応えてしまったかなあ、と悔やむこともある。

昨日はフランスから来日した絵本作家にも会った。フランス語はてんで！「アン、ドゥ、トロワ、そのあと何だっけ？」である。ジャン・ポール・ベルモンドの『勝手にしやがれ』に夢中になったひとりではあるのだけれど。

ここひと月に限っても、「ああ、素敵なひとだな」と思うひとに何人か会った。「素敵」の内容はそれぞれ違うし、年代も職業もセクシュアリティも人種も様々だ。

僅かな時間、会話を交わしただけで、心が淡く優しい色に染まっていくのがわかるひともいた。ぶれない生きる姿勢に、胸が熱くなるひともいた。

そんな時は困ったことに、わたしの心は相反する思いに二分される。

もっとそのひとを知りたいという思いを抱きながら、心の片隅から、別の声が聞こえてくる。

「ストップ！　そこまでで留めておきなさい。そこで留めておいて、一定の距離をとって、遠くから見ることで満足しなさい。素敵なひとは、借景がいい。あまり近づかないで。近づけば近づくほど、素敵と思えば思うほど、そのひとの『渦』と、わたしの『渦』が重なったり交差して疲れるだけ。だから、借景でいきなさい。これ以上、人間関係を拡げてどうする！」

心の片隅から聞こえてくるのは、そんな声である。「もっと知りたい」という思いと、「そこで留めておけ」という声と、どちらも正直な、70歳のわたしの心の声であるのだ。

年齢にとらわれた生き方はごめんだと思いながら、こういう場合、微妙に年齢が影を落とす。現年齢のわたしの収容能力は、「ここまで」と。その声は年ごとに大きく深くなってくるようだ。

打ち解けるには時間を要するが、一度親しくなると長続きするほうだと思う。が、親しくなれば、いろいろなことが気になって仕方がない。特にそのひとがひとり暮らしであれば、尚さらのこと。数日電話が通じないと、気が気ではない。呼び出し音だけが聞こえる受話器を汗をかくほど耳に当てながら、いやなことばかり想像してしまう。

今日中に連絡がつかなかったら訪ねてみようと思っているところに、旅先にいる、と先方から電話が。

「紫陽花《あじさい》が見たくなって。ごめん、事前に伝えるの、忘れてた」

安堵が、心配してたんだよーと、ちょっと恩着せがましい言葉になって、反省。

だから、少々惜しい気はするのだが、素敵なひとは完全借景と決めた！

旅から帰って

沖縄から帰京したところだ。まだ荷物は解いていない。といっても仕事の小旅行。バッグの中には僅かな着替えと、あとは資料ばかりだ。

梅雨入りをした沖縄だが、予想したほどには暑くはなく、湿度も以前この季節に訪れた時よりも低い感じがした。

今回の小旅行は沖縄をテーマにしたラジオ番組の制作に参加してのことだ。番組についてはまた別の機会に書くことにする。

それにしても、沖縄に行って帰京すると、頭の片隅にキシキシと鳴る音をいつも聞く。それは歴史のきしみであり、同時に現在もなお続く、わたしたち沖縄以外で暮らすものへの、沖縄からの問いかけの音かもしれない。

そんな旅をわたしは一体、何十回重ねてきただろうか。キシキシはいまも続く。朝鮮戦争、ベトナム戦争の最前線基地だった沖縄にいまなお、在日米軍施設の

74%を押しつけているキシキシ……。

今回は急ぎの旅だったので ゆっくり話をする時間的な余裕はなかったが、会えた人はみな素敵だった。素敵に穏やかで、素敵に地に足つけて暮らしている。上っ調子なところがない素敵さほど、素敵なものはない。

だからわたしも心底誠実に向かい合おう。改めて自分とそう約束した旅でもあった。

はじめて沖縄を訪れたのはほぼ五十年前。当初お目にかかったかたがたはすでにない。それでもそれぞれの声は口調は、いまでもわたしの中に生きている。

空港からの道路の両側に、今回はマンデビラが鮮やかな黄色の花をつけているのを発見した。わが家にも白い花をつける同種の植物はあるが、黄色のそれははじめて見た。

帰京してからは、遅れに遅れていた単行本のまとめや、その他もろもろがどっと押し寄せて、これからしばらくはバタバタ前のめりの日々が続きそうだ。いまようやく第一ハードルを越えたあたりで、さ、お昼に何を食べよう？

今日は夕方から外での仕事だから、それまではたっぷりの時間がある。

麺類にしようかなあ。沖縄のソーキそばを食べそこねたので、麺類にしよう。日本蕎麦《そば》もいいし、葛素麺もいい。いや、焼きそばをどんと作るか、冷やし中華も、冷麺もいい。どれもが好物だ。

食べたいものがあり、食べたいものを食べたい時にちゃんと食べられる幸せに感謝して、さ、朝食兼昼食を作ろう。トマトサラダと、叩き胡瓜に鷹の爪を散らして冷やし、ポン酢でポリポリ。

「あなたの元気のもとは、その食欲と憤りね」

はい。異論はない。

ＢＧＭはピーター・バラカンさんに教わったマイケル・フランティの『Bomb the World』。We can bomb the world to pieces, but we can't bomb it into peace. piecesとpeaceで韻を踏んで、マイケルは歌う。爆弾で世界を粉々にすることはできても、爆弾で平和を築くことはできない、と。

今年はじめての朝顔

6月15日。ベランダに面したガラス戸をいっぱいに開け放つ。Oh! 今年はじめての朝顔。紫色の大輪の花を、朝の大気の中でほどいている。ここ数日、予感はしていた。そろそろだなと細長い蕾のふくらみ具合と、蕾ににじませた花の色を見て、待っていたのだが。記念すべき、その時がやってきた! ビロードのような輝きのある深い紫の花だ。

発芽しやすいように種子に浅い傷をつけて5月に蒔いた朝顔のほうは、日々蔓《つる》を伸ばしてはいるが、蕾はまだまだ。余談ながら、朝顔や夕顔、ナスタチウムなどの種子を蒔く時、わたしは爪やすりを愛用している。硬い種子の表面に傷をつけ、発芽を促すためだ。爪やすりを使うのは、その時だけ。種子用の爪やすりだ。

ところで今朝咲いた朝顔は、何年か前にいただいた行灯仕立てが身の丈以上にも育ったものだ。いつもの年なら9月に入ってからのほうが盛んに咲いてくれるが、今年は6月半ばに最初の一輪である。蕾もたくさん持っている。雨傘をすぼめたような大小様々な蕾に心躍らせる朝。

子ども時代の夏、7月の朝一番の「仕事」といえば、垣根の朝顔の花を数え、それから大きな籠を抱えて畑に直行することだった。トマト、茄子、いぼいぼが痛い胡瓜、トウモロコシ等々。もいでは次々に籠に入れた。大きな籠が夏野菜でいっぱいになる頃には、朝露が膝の上まで濡らしていた。

朝顔の花を見ると、60年以上も前の子ども時代が、猛スピードで甦ってくる。二度とは帰れないと知っているから余計、せつなくも懐かしい。

敗戦から5年たった郷里の町。庭だけはだだっ広い平屋建ての家。外に出る時はいつも、麦わら帽子かピケの白い帽子がお供だった。近所の遊び仲間には、天井近くにモノクロームの彼らの写真が額に入って飾ってあった。

遊び仲間の家には、父親や兄を戦争で亡くした子もいた。

額の中には、口髭をはやした男のひともいれば、少年のようなひともいた。彫りものを施した立派な額もあった。

朝顔の花を数え、夏野菜をもいで裏庭から台所に運べば、まだ学校に行っていない小さい子どもは朝食までが、一日の最初の自由時間だった。

冷房などない時代。どこの家でも雨戸を開け放していた。垣根越しに背伸びをすると、遊び友だちのお祖母ちゃんが額の写真に手を合わせていたり、お仏壇のお茶を入れ替えていたり。炊き立てのご飯をよそって供えているひともいた。

子どもながら、戦争がとても身近にあった頃。

大人たちが「二度といやだねえ」と語る時には涙まじりの戦争の記憶。幼い頃はなんとなく聞いていたが、ある時突然子どもは大人に反旗を翻した。

「そんなにいやだったら、なぜ反対しなかったの?」。同じことを、わたしたちは孫の世代から問われるのではないか。朝顔の濃い紫が目にしみる6月の朝。

やけ食い

真夜中、トイレに行こうとベッドを降りて歩き出したら、あれ？　どうした？　わたしの体よ。

真っ直ぐに歩けない。寝ぼけているのか？　立て直してみるのだが、体がやはり左右に傾く。

ひとりピサの斜塔ごっこだ。

どうも変。首を傾げながらも、とにかく眠くて。眠りに勝る快楽なし、とベッドにダイブ。そのまま眠ってしまった。

このところ、珍しくちょっと疲れたな、と思ってはいたのだが。

朝になって、そうだ、何か変だった、と改めて歩いてみたが、やはり体が左右に傾く。

三半規管かなあ。一応血圧も測ってみようか、と最近は使うこともない母が愛用していた血圧計を取り出す。

モニターに出た数字に、われとわが目を疑う。うそーっだ。上が188？　下も110？　そんなはずはない。血圧計の間違いだ。機械を過信してはいけない。機械は壊れる。原発を見よ。にもかかわらず再稼働とは、めちゃくちゃな話だ、などと怒りながら再度測定。と、僅かな差はあるのだが、最初とさほど変わらない数値が。まずいじゃないか。今日一日のスケジュールを考える。まずは病院で検査をしてもらわねば。朝一番で行っても、何時に終わるかわからない。

さらにまずいことに、午前中から18時まで予定が入っている。申し訳ないけれど、延期してもらうしかない。

夕方18時30分～は安保関連法案反対の意思表示。国会周辺での抗議行動だけは参加したい。２０１５年を、戦争前夜の年に変えたくはない。

抗議行動がどれだけの意味があるかは知らない。ひとりの声がどれほど届くかもわからないが、最初から白旗あげる気はない。わたしはわたしのために、参加する。

夕暮れ時、国会周辺で出会うであろう、あの顔、この顔を思う。あのひとはお母様を見送ったばかりだ。あのひとだって、体調を壊している。あのひとは、先日転んで膝を痛めたと言っていた。あのひとは、ご両親を介護中。それぞれの事情を抱えながらも、やむにやまれぬ思いを抱いて、参加している。遠くから電車を乗り継いで来るひとも大勢いる……。

落ち込みつつも病院へ。

頭だけ工事現場のただなかに突っ込んだようなMRIの検査結果は「異常なし」。予想した通り、三半規管にトラブルがあるらしいが、それは次の検査を待つしかない。

悔しくも申し訳ないことに、今日の抗議行動はドクターストップ。スニーカーの爪先がすでに抗議モードで、「は・ん・た・い！」とリズムを刻んではいるのだが。珍しく陽が高いうちに帰宅。

彩りもきれいなフルーツトマトとアスパラガス、わが家の窓辺で育ってくれているルッコラ、玉葱《たまねぎ》、トウモロコシ等で山盛りのサラダを作って、やけ食いだい！

糠床

わたしの7月は、夏野菜の糠漬けから始まった。胡瓜も茄子も出揃った。人参、夏大根、セロリ、緑と黄のズッキーニ、赤と黄のパプリカ、根生姜《ねしょうが》、オクラ。それぞれがそれぞれ色にいい具合に漬かった糠漬けを食卓に載せるためだ。

ひとの幸福感など、実にシンプルなものではないか。少なくとも、わたしの場合はシンプルだ。

朝には朝顔が、夕には夕顔が蕾をぽっかりと開き、食卓には美味しい漬物があり、ゆったりのバスタイムがあり、読みかけの本と聴きたいCDがベッドサイドにはある……。これで充分。

今朝は5時起きで、糠床に糠を足した。5時に起きたのは、朝顔の花の数を数えたかったのと、仕事がたまっていたからだが、原稿は後回しにして、有機米の米糠を糠床に足した。それ用の「足し糠」がある。糠と塩を10：1の割合で混ぜ合わせて糠床に加え、せっせとかきまぜる。「硬さは耳たぶ程度に」。表面をならし、蓋はしないで布や紙をかぶせて24度程度の部屋に3日ほど置く。4日目に糠床の底まで空気が入るようにしっかりかきまぜればOKと、説明書に従えば、5日目からは浅漬けを、6日目以降は本格的な夏野菜の糠漬けを堪能できる。

失敗するのは、少し長い旅行が続いて糠床をかきまぜることができなかった時だ。いままでどれほど、涙をのんできたことか！

犬や猫のシッターさんも増えている現在。糠床シッターさんのような存在もあったらいいのに。

今年からは友人数人と糠床預かりネットワークを作ろうか、と話し合っている。シッター代は旅行先の、「やっぱり美味しい野菜がいいかなあ」。

夏野菜の糠漬けが休演の食卓はもひとつ盛り上がりに欠ける。

そうそう。キャベツを4等分し、葉の間までしっかり洗ってから漬けたのも美味だ。生姜や茗荷、大葉などの細切りをのせてもさらに旨い。塩分の過剰摂取には気をつけなければならない年代ではあるけれど、糠漬けなくして夏とは、わたしには言えない。

郷里の子ども時代。近隣の大人たちが集った縁側や開け放たれた茶の間。お茶請けは、山盛りの糠漬け。それぞれの家に伝えられた秘伝の糠床があって、祖母たちは麦茶など飲みながら糠漬け談議に熱中していた。

ラジオからは♪……緑の丘の赤い屋根。とんがり帽子の時計台……。作詞は菊田一夫さん、作曲古関裕而さん。

あの頃、幼いわたしには物語をしっかりフォローすることはできなかったが、主題歌だけは鮮やかに心に刻まれた。

戦地から復員してきた青年が、戦災孤児とともに信州に自分たちの家を作る物語だった。

「沖縄の2紙は潰してしまえ?」

自民党議員らの「勉強会」での、なんという暴言。それらが平然と飛び交う時代になったことを、改めて痛感する。糠漬けを楽しんではいられない風潮が心配だ。

消えたい日

ふっと、どこかに行きたくなることがある。正確には、消えたくなると言ったほうがいい。あるいは、逃げたくなる、だ。

今朝も起きがけにそう思った。しばしの雲隠れへの、やみがたい欲求であり誘惑である。

「こんなに心がこもった手紙をいただいているのだから、早く返事を書かなくっちゃ！」

「とれたての茄子や胡瓜のお礼状もまだだった。友だちだからといって、甘えちゃいかんだろうが」

「ああ、このご依頼、時間的にいまはちょっと無理。お断りは早くしないと失礼だ。少々魅力的な依頼なので、どうしようかと迷っている間に、2日たっちゃったじゃないか！」

「送られてきたDVD、まだ観ていない。観てからでしか推薦文が書けるかどうかはわからないと伝えたのに、作品を送ってもらってから、4日、たっている！」などなど。

いつもそうなのだ。こうして「ねばならないこと」がたまってくると、頭から袋をかぶって、逃亡したくなる。

そうして、暮らしていくということは、日々、「ねばならないこと」に取り囲まれていることでもあるのだ、あーあ。

あれもしなくちゃ、あっちの返事は？　それからそれから……。

こういう時はむしろ落ち着いてと、この夏、凝っている冷たいお茶をいれて、小雨に煙るルリマツリの薄紫の花など見ているのだが、気分は「ねばならないこと」に完全に占領されている。

お茶を飲み、花を見る余裕があれば、「ねばならないこと」を順次片付ければいいものを！　わかっちゃいるけど……。あれー？　洗濯機の調子が悪い。よりにもよって、こんな時に。スタートボタンを押しても、水が出てこないぞー。

Ｏｈ！　またひとつ「ねばならないこと」が増えたではないか！　カンベンし

てくれよ。洗濯物もたまっている。

……といった按配で、こんな時には自分を「現場」から消したくなる。というか、自分自身を丸ごと消したくなる。

その年代に入ったばかりとはいえ、わたしは70代だぜ、日々こんなにバタバタしていていいのか？　もう少し落ち着けないのか？

祖母や母は、親類の叔母や伯母さんたちはもっと安定した70代を生きてはいなかったか？

朝にはきちんと着替えて、薄化粧などしてゆったりと涼しげにお茶を飲んでいなかったか？

わたしはといえば、パジャマ姿に、むろんすっぴん。

朝に摑まる自己嫌悪は、容赦ない。今日しなければならないことは今日中にすることだ。しかし、明日できることは明日に回せ、も生き方としては捨てがたいなあ。

こうして返事が遅れ、遅れた後ろめたさに足を掬われ……。お断りしようと思っていた仕事も引き受けることになり……。

毎朝、消えたいわたし、がここ数日続いている。

どうする?の夜

午前零時少し前。最終のニュース番組を見ようか、斜め読みしただけの夕刊をじっくり読もうか。迷っていると、電話のベルが鳴った。

「どうする?」

受話器の向こうから唐突に女友だちが問う。

「何が?」

「だって、どうする?だらけの世の中だよ」

彼女の第1のどうする?は、2015年も半分以上、過ぎちゃったこと。どうする?と言われてもなあ。過ぎていく月日にブレーキをかけることはできないし。

第2のどうする?は、言うまでもなく安保関連法案について。滑り落ちていく月日よりも、いまのわたしにはこっちのほうが気になって仕方がない。

彼女の本題もこちらであるらしい。受話器の向こうから、微かにテレビのニュース番組らしいものが聞こえる。わたしもリモコンでテレビをつける。帰るのが遅くなって、22時少し前からのニュース番組には間に合わなかった。どうなる国会？　どうする？　安保関連法案？

余談ながら、この原稿をわたしは7月14日の夜に書いている。この原稿が掲載される頃には……。

「孫のことを考えると、ほんと、どうしていいかわからない」と彼女は嘆く。各メディアの世論調査でも、これだけ多くのひとが反対だったり、「拙速すぎる」、「もっと説明を」と求めているにもかかわらず……。アドレナリンの大分泌と喉の渇きは比例する。彼女もわたしもやたら冷たい麦茶やら何やらを飲んでいる。飲みながら、テレビ見ながら、喋りながらの三重ながら族だ。

「わたしたちは、一応は平和な戦後70年を生きることができたけど……」

70年間の戦後を、新しい戦前としないために、という集会が各地で行われている。わたしも今夜、そのひとつに参加してきた。彼女は明日参加予定とか。

「こういうニュースって、テレビじゃ、あまり詳しく取り上げたくないのかなあ。ニュース番組でも、え？　それだけ？って思う時がある。さらっと流して終わり」

「頑張ってる数少ない番組も、中にはあるけどね」

「わたしたちってさ、大きな力に対してNOと言うことは、わりとこまめにやってきたじゃない？　若い頃からずっと。成果を問われると、ちょい辛いけど。でも、これはいい、頑張ってという意味のYES、激励はあまりやってこなかったような反省があるんだな、実は」

何かを飲む音を再びさせてから、彼女は言う。確かに。わたしたちがYESと言いたい番組を制作しているひとだって、ひとの子。視聴者の励ましが嬉しい時だってあるに違いない。

気がつけば、午前1時。「アドレナリン出まくりで、眠れなくなっちゃいそう」と彼女は叫ぶ。

2015年のこの7月は、後の歴史にどう記されるのか。

アリスのままで

わたしがわたしであることすら自覚できなくなったら……。時折そんな不安に襲われることがある。

亡くなった母はアルツハイマー病も併発していた。発症当初はパーキンソン病と診断されていたが、あまりにも早い記憶の消失に、サードオピニオンを求めて、ようやく、アルツハイマー病もあることが判明した。がその時はすでに、進行を緩やかにすると言われる薬も期待できない状態になっていた。

母との日々は、拙著『母に歌う子守唄』と『母に歌う子守唄　その後』に詳しい。それがどんなに残酷な告知であろうとも、わたしは正確な病名を知りたかった。

書棚にベッドサイドに仕事机の上に、キッチンテーブルの上にも医学書が増えていった。思い当たる変化や症状に付箋を貼っていくと、ほぼ各ページに付箋がついた。胃がねじくれるような日々だった。

米国映画『アリスのままで』を観た。

50歳で若年性アルツハイマー病と診断された女性アリスの日々を描いた作品だ。原題は『Still Alice』。原作者は認知症の研究者でもあるリサ・ジェノヴァ。

確かなキャリアを積み、大学教授としても充実した日々を送っていたアリスはある日、他大学に招かれて講演をしている最中、突然言葉が頭から抜け落ちていくような体験をする。それが異変の始まりだった。ランニング中に道に迷う。わたしの中で何かが起きている……。若年性アルツハイマー病という診断。症状は進み、学生からは授業が散漫、不安定といったクレームも増えて、辞職する。同じ症状がある人々の集会で、アリスはスピーチする。

「わたしは闘っています。自分自身であろうとして。私は、瞬間を生きているのです」

母もまた、自分であり続けよう、とどれほどの努力を重ねたことだろう。それをわたしは、どこまで深く理解できていただろう。自分の思いを伝えるために、いままで難なく使っていた言葉さえ見つけられない苦悩。たくさんの言葉に囲まれながら、それに触れようとした途端、指の間から落ちてしまう言葉たち。母が5分置きにベッドから立ち上がったのも、内側から湧き上がる言い知れぬ不安に押されてのことだったのかもしれない。おもらしをした口惜しさに、車椅子のアームを拳でがんがん叩いたのも、消えていく記憶と、いまここにある現実の狭間に置かれた憤りと屈辱からだったのかもしれない。

発症した本人の視点から描かれたこの作品（翻訳も出ている）の、「Still」という言葉が心に突き刺さる。「Still」には静かなという意味もあるが、「それでもなお」、「にもかかわらず」、「まだ」という意味もある。自分の名前がわからなくなっても、アリスはアリスであり続けるという意味だろう。

「わたしはまだアリスよ」

涙が止まらなかった。

嗚呼、記憶力

年を重ねるということは、以前は3分でできたことが15分かかることでもある。そうして、そうなった自分に気づかずに、あるいは薄々気づいているのだが、そうなった自分の現実から目を逸らして走り続け……。舌うちする瞬間が増える、ということでもある。最近しみじみとそう痛感させられる。本のタイトルが浮かばない。タイトルは浮かぶが、著者の名前がすぐに出てこない。以前にも書いたが、こんなことはもはや日常になりつつあるようだ。

その本の装丁も、表紙の紙質も手触りも充分覚えているのに、著者の名前だけを度忘れしたまま。だいたいは、思い出そうとする努力を放棄して他のことに取りかかった頃に、突如、頭の中のランプが点り、「思い出した！」である。

そんな日常の中で切羽詰まった崖っぷち状態に陥るのは、明朝に乗る新幹線や飛行機のチケットをどこかに置き忘れた時だ。どこかといっても、家の中にあるのは確かだ。

「また、やってるよ」。最初はそんな感じで自分を突き放しつつ探しているのだが、だんだん焦ってくる。

チケットを探すのに、紛れこむことが多い仕事机の上を片付け（資料が山積み）、積ん読状態の読みかけの本もかたまりで動かし、ようやく見つけて、ほっ！

その翌日には、かたまりで動かした本の中に、書評用の本があったはず、締切は明日。見つからなーい、と再びの大騒動となる。

先夜は鍵を行方不明にした。玄関のそれをはじめ、いろいろなキイをホルダーに吊るした束が見つからなーい。いましがた、帰宅してからの、自分の行動をひとつひとつ辿ってみる。

「最初、洗面所に行ったよね」。そこにはない！「続いて、シャワーを浴びたから……」。シャンプーやバスミルク等が置いてある棚までくまなく見たが、ない！

「そうか、その前に着替えたから」。ドレッサー周囲もチェックしたが、やはり見つからず。キッチン、リビング、寝室へ、とわたしの果てしない深夜の旅は続く。

鍵がなくなるなんて気持ち悪い。探し物に疲れてしまって、取りかかるはずだった原稿は明日の早朝に自主延期。今夜は寝ちゃおう！

そしてあくる朝。ベランダの植物たちに水をやろうと外に出た瞬間、「あった！」。昨夜帰宅してから水やりをしたことを忘れていたのだ。

普段は部屋の中だが、日光浴させた植物群。お気に入りのエバーフレッシュのプランターの縁に、鍵の束が静かに横たわっていた。

この鍵たちがあれば、どこからだってわが家の中に入ることはできる。それをベランダに出したままなんて！

戸締まり厳重にすれば泥棒は入らないとかいう安保関連法案の「戸締まり論」は、あまりにもお粗末だが。わたしの記憶力もここまできてしまったのか。

嗚呼《ああ》！　お粗末。

言葉

猛暑が続いている。

「なんか性格、悪くなりそ！」

昨夜の電話で友人が吠えていた。確かに吠えたくなるような暑さ。

「止めはしないけど、デモに行く時は熱中症、ほんと気をつけてよね。次回はわたしも行く」

右膝が故障して、このところ集会やデモに参加できないことを彼女は焦れる。衆議院を通過して参議院での審議が行われている安保法案。シニア組も頑張っているが、反対の声をあげ続ける若者たちの言葉が心に響く。国会周辺で抗議行動を行っている大学生を中心としたシールズに加えて、首都圏の高校生が中心となったティーンズ・ソウルというグループも、渋谷の街をデモした。炎天下のあの暑さ、たぶんデモなど初めて体験するという若者が大半ではなかったか。シニア世代のひとりであるわたしも、若者たちの抗議行動に心から賛同し、感謝する。報道された彼ら彼女らの写真。その艶やかな頰や額に光る汗の粒を見ながら、思う。この若者たちをどんな理由であっても、有事に巻き込んではならない、と。老いた父母を残し、「おめでとさん」と祝われて戦場に向かい、還ることのなかった、かつての若者たちのようにさせてはならない。熱のある額に当てられた母の掌《てのひら》に野良仕事の肥やしの微かな匂いがあったことを、歌に遺して戦死した青年は20歳前後ではなかったか。彼らは「無名兵士」ではない。父母から名前を贈られた、かけがえのない命だった。

どこの国の子どもであっても、戦争で殺してはならない……。幼い子どもの手を引いたり、ベビーカーを押しながら声をあげて渋谷の街を歩いたのは「安保関連法に反対するママの会」。シニア組も各地で集会を開いている。

まがりなりにも平和だった戦後70年を、新しい「戦前」にしないために、世代を超えて、それぞれが自分の言葉を発する。

こういった市民の切実な意思表示を、自分たちが戦争に行きたくないからという利己主義だ、と批判する議員もいる。誰だって、戦争になど行きたくない。誰だって戦争で自分の人生が断たれることを拒否する権利がある。そして、彼らは「誰」の中に自分たちだけではなく、どの国に生きようと戦争で命を絶たれる誰をも作りたくない、と主張しているのだ。最大の利己主義とは、戦争である。

「自由と平和のための京大有志の会」の言葉も心に響く。

「戦争は、防衛を名目に始まる。／（略）戦争は、すぐに制御が効かなくなる。／戦争は、始めるよりも終えるほうが難しい……」

そんな言葉で始まるメッセージは次のように続く。

「……精神は、操作の対象物ではない。／生命は、誰かの持ち駒ではない。／（略）学問は、戦争の武器ではない。／学問は、商売の道具ではない。／学問は、権力の下僕ではない……」

いまを生きる人々の確かな言葉を、わたしは信じる。

終戦の日がやってくる。

黒井千次さんに質問

〝老いる〟ってどういうことでしょうか？

落合　黒井さんは70代の前半から、読売新聞に「時のかくれん坊」というタイトルで、老いについてのエッセイを連載されています。連載当初に感じていた「老い」と、今年（2014年）82歳になられた「老い」はどこか違うものでしょうか？

黒井　老いそのものが違うかどうかはわからないけど、振り返ってみると、70代の頃は、どちらかといえば老いを見ていた、眺めていたというような感じがあります。

落合　ご自分が見ているほう、目撃者なんですね。

黒井　もちろん、いろんなことを感じたり、考えたりはしていますよ。でも、70代は、たとえば父親などの姿に老いを見るような感じが濃厚にあったように思います。それがいまは、自分自身が老いを感じるようになりました。もう他人の老いを見ている余裕がなくなってきたのかな（笑）。

落合　なるほど、興味深い変化ですね。

黒井　75歳とか、77歳なんていう年齢は、自分のものとして自然に受け入れているようなところもあったんです。でも、80歳というのは、その手前にひと山あるような気がしますね。82歳なんて年齢を突きつけられても、「そんなことはねえだろう」と違和感のような、ちょっと距離を感じます。

落合　私は2015年に70歳なのですが、やはり老いというのは借景だったんです。それが今、遠景と近景の中間になってきて、もう少しすると、わが庭になってくれるのかなあって思っていて。

黒井　そうなんですね。

落合　黒井さんの御作品、『老いのかたち』や『老いのつぶやき』『老いの味わい』などは「老い」という言葉をお使いになってます。老人でも、高齢者でもなく、「老い」なんですね。

黒井　ええ、あまり意識的ではないけれども、生きることとつながっていて、そこに含まれて、自然に出てくるものが老いだというふうに考えていたんじゃないかな。

落合　とても包容力があって、老いという言葉を新しく定義していただいたように思う一方で、「老いがたい時代」になったな、と感じることがおありですか。

黒井　真面目に年を取っていく人がだんだん少なくなってくるんじゃないかと思い

ますね。

落合　私たち個人の意識も、社会も、テンションの高い「元気さ」「若々しさ」を求める時代になっていて、これはいいことなのか、悪いことなのか、よくわからなくなってしまう。

黒井　そうですね。

落合　テレビや書籍も、精神論だけだったり、肉体的な健康のことばかりだったりと、どちらか一方に偏ったものが多い。人間は精神と肉体の両方で「人」という存在になるのに、社会全体が老いさせてくれない。本人も、老いたくないというところで、地団太踏んでいるような気がします。

黒井　もう少し、自然歩行というか、正常歩というか、自然に老いていくことを考えてもいいと思いますね。僕の場合、この人素敵に年を取っているな、と感じるのは、女性が多いんですよ。

落合　そうなんですか。

黒井　もちろん、容姿とか若々しさは昔と比べて変わってきてるところはあるんだけれども、それを片手にひっさげたまま、いまの自分の暮らしに向かっている姿が、とても素敵な人がたまにいるんです。

落合　それは確かに素敵ですね。

黒井　その素敵さというのは、たとえば若い頃から仕事をずっとがんばり通した生き方をした人というのとはちょっと違っていて。そういう人は、ある程度男の側からでも想像がつくんです。

落合　重なるものが多い、同じような景色ではありますね。

黒井　結婚して、亭主が病気になったりとか、嫁姑問題だったりとか、家庭の中でいろんなことがあったんだろうなという人が、苦労を通して、もしくは踏み越えて、くたびれてもしまわず、変に妥協もせず、自分を持ったまま自然に年を取っていって変わったのではないかと感じる時、素敵だなと。若い頃のように輝いてないのかもしれないけど、直角二等辺三角形みたいなね。

落合　安定感がある。

黒井　そう。男だってそういう境遇とか、歴史とかあるんだと思うけど、特に女性に感じるのは、僕の受け止め方なのかなあ。ピカピカと光ってるわけじゃないんですよ。

落合　ピカピカは、見ていて疲れますからね。我ら老眼には眩しすぎる（笑）。

黒井　そうそう。いぶしたような輝きを持った時、女の人は素敵だと思いますねえ。

あと、女性は60代から、ちょっとそれまでとは違うものが出てくるんじゃないかな。
落合　あ、それはあると思います。
黒井　男の場合、60代で定年を迎えるでしょ。それでガクンとなる。でも女性の場合は、ずっと同じように続いていく。男と違って、花が自然に枯れた後に、また新しい芽のようなものが出てくる。そういう新しい季節が女性にはあるのではないかと、最近感じますね。
落合　素敵な観察ですね。
黒井　男はどうもこうはならないんですよ。それはなぜか。メチャな仮説を申し上げますとね。
落合　聞かせてください、ぜひとも！
黒井　異性を好きになった時、途中でバンッと壊れるとしますでしょ。その時に女性は過去のことを振り返らない。でも男は、振り返ってばっかり！
落合　アハハハハ！
黒井　男は延々と恨みを感じて。……という傾向が一般的にあるのではないかなあと思うんです。
落合　そうなんでしょうか。

黒井　女性が過去を振り返らないとするならば、おそらく未来を見ているんです。男はひたすら過去を懐かしがって、ああだった、こうだったと。

落合　なるほど……。

黒井　それはそれで、もちろん生きる知恵にはなるんです。ただ、何かを新しく生み出すことにはならない。女性の場合、たとえばいつまでも綺麗でいないといけないとか、皺《しわ》が増えてきたから、そこに縦にクリームをすりこむとかね。常に未来を見ている。

落合　縦にクリームをすりこむなんてあるんですか（笑）。

黒井　そんなことを聞いたことがある（笑）。それでね、どっちがいいとか悪いとかではなく、振り返る男、先を見ようとする女、そういうものが男の年寄りと女の年寄りとの違いに出てくるのかなあと思ったりするんです。変ですかねえ。

落合　私はその辺がよくわからないのですが、どうなのかなあ。私は性差で人を見ることができないんです。もしかしたら、私が意識的に切ってきた部分なのかもしれませんが、男性、女性の性差を感じることがあまりないんですよ。

黒井　へえ〜、そうなんですか。

落合　男でも女でも、私は二通りの人がいる気がしていて。いつかは死ぬと知っている人と、いつかは死ぬと知っていながら、自分には来ないと思っている人と。それで私が共感して、敬愛を抱くのは、前者。そういう人は、ある種の欲望を自分でそぎ落とすことができるんです。死ぬことは知っていても自分には来ないと思っている人って、ずっと欲望を持ち続け、さっきの言葉をお借りすると、ピカピカ輝こうとしている。

黒井　なぜそんなふうに考えるようになったんですか？

落合　やはり60を過ぎて、介護をした母を見送ったことが大きいのだと思います。私も自分の中で、いらないものがポロポロ落ちていくし、自らはがしていってる気がして仕方ない。

黒井　たとえば元気な女性を見ると、どういう感じがするんですか？

落合　確かに元気な女性は多いですよね。でも、どこか自分とは別だな、という感じがとても強いです。

黒井　社会も個人も、そこまで元気を求めなくてもいいんじゃないかという気はしますね。僕なんか、だいぶ手前で転んでるから（笑）。

落合　私も人前では、きっと元気な顔をしているんだと思います。元気を演じているわけではないけれども、元気の反射神経を眠らせて、ひとりであることの豊かさ、心地良さの中を漂っているのが、最も居心地良いです。

黒井　たくさん仕事をして、やるべきことは全部やった、一生懸命やったと満足して死んでいくような人がいて、とても見事で立派だと思いましたが、わがこととして考えると、基本的には「途中」だと思います。

落合　途中……。なんとなくわかります。

黒井　完成ではなく、中断。基本的には人生は途中で終わってしまうのであって、途中で終わってしまうことは悪いことではないと。逆に言えば、中断するものを常に持っていないとまずいだろうと思う。途中で終わることに意味があるんだと考えたいんです。

落合　はい。

黒井　ぶつぶつと言いながら、やりかけのことがいっぱいあって、それが7割いったところで死んじゃったとか、5割5分で終わっちゃったとか。それでいいんです、ひとりの人間の生き方としては。何を成し遂げたではなく、どこまで行ったかが大事。ちゃんと途中まで行くには、そこまでをきちんとやっていなければなりませんから。「途中の充実」とでも言いますか。

落合　あ、いい言葉ですね、途中の充実。とても大事ですよね。答えを早く出そうとする時代にあって、何年後も「途中の充実です」と考え得る自分が、素敵だなあ。

黒井　途中はやさしいけど、充実は大変ですよね。苦労しないで、自分の好き勝手なことだけをしていたら、やっぱり充実しないでしょうし。いろんなものを捨てたり、あるいはいろんなものをあえて引き受けて、取り入れて、我慢しながら生きていかなければならないと思うんです。

落合　途中の充実にたどりつくために、お捨てになるものはあるんですか？

黒井　あえて捨てたものはないと思います。近づかないということはあるのかもしれないですけど。でも途中の充実というのは、特別な充実があるわけではないんですよ。常に充実を求めていって、その充実の積み上げが途中の充実となる。いちばん平凡なことを、いちばんちゃんとやることが、いちばん大事。そこから飛躍するとか、覚悟を決めて何かに打って出るとか、僕は自分では似合わないと思うし、とても続かないと思う。

落合　私が理想とする年の取り方は、様々な欲望からできるだけ自由になって、自分を自分の中に深く沈めていく時間を増やすようにすることでしょうか。お年寄りは孤独だっていう言い方がありますけど、孤独そのものもとても美しく、美味なる側面もあります。本を読んだり、植物の種を蒔いたり。そういう時間ってある年代以上になってから、より美味なものになったと感じています。

黒井　思う存分老いたい、老いなくちゃいけないという感じはあります。いまは、理想の老い方の模索そのものが消えていってる気がしますね。

落合　そうかもしれないですね、老いは避けるべきものという社会ですから。肉体的な老いをかなり無理して遠ざけている。それはつまり精神的な老いも遠ざけていることと同じだと思う。そうなると「老い遅れ」──黒井さんのご著書にあった言葉ですが──てしまう。老い遅れることは、せつないことでしかないように思うのですが。

黒井　老い遅れたまま死んでしまうとしたら、老い遅れないで死ぬ人と比べると、やっぱり貧しくなっちゃうでしょうね。ただ、今、自分のやりたいこと、やるべきことを満たしていった結果、老いていくことになるのだから、こう老いよう、ああ老いようと言ったたって、できるもんじゃないですよ。

落合　ある日突然、老いが来るわけではないですからね。普通に生きていって、重なるものなわけで。

黒井　ある日突然来るものは、ろくでもないものですよ。別れとか、死とか。

落合　もう一つ教えてください。黒井さんの本の中に「老い心地」という言葉がありました。「酔い心地」というのは、皆それぞれイメージがありますが、老い心地は、どんな心地なんでしょうか。ぜひとも老い心地に酔ってみたいものです。

黒井　具体的に「これ」というものはないように思います。ただ、老いていく時に、その人の持ってる感覚や反応が当然生まれてきますよね。老い始めて、老い進んでいくプロセスで感じることを獲得したり、拾い上げたりできれば、老い心地としては豊かな心地と言えるんじゃないでしょうか。

落合　てのひらには載せられない心地ですね。数字でも出てこない。でももしかしたら、最も豊かで、質の高いものだろうなと想像できます。老いていくことがとても楽しみで、待ってます、という気持ちになれます。

黒井　それにしても、もしかしたら、我ら老いについて語りすぎているのであって、本来はそんなに語ることじゃないのかもしれない。

落合　自分の内側で、ひそやかに？

黒井　自分がやっていることは何だと言われれば、何とも言いようがないですが（笑）。

（2014・12・12）

くろい・せんじ　1932年、東京生まれ。70年『時間』で芸術選奨新人賞、84年『群棲』で谷崎潤一郎賞、95年『カーテンコール』で読売文学賞、2001年『羽根と翼』で毎日芸術賞、06年『一日　夢の柵』で野間文芸賞を受賞。そのほか、『時の鎖』『走る家族』『五月巡歴』『春の道標』『たまらん坂』『高く手を振る日』『老いのつぶやき』など。

ひとつの椅子

「おっ、きみは誰だっけ?」

早朝の散歩の途中で出会ったワンコ。体全体をシッポにして、快活に朝の挨拶をしてくるのだが、一瞬、誰だかわからない。

昨今、人の名前を思い出せないことが増えたが、なぜだろう、ワンコの名前は不思議なことに覚えている。ところが、今朝は「誰だっけ?」である。

この顔立ち、喉の奥からしぼり出すような胸キュンものの甘えた声。知っているのだ。でも、いつもと違う。そうか。サマーカットのせいだ。暑いので、思い切りカットしてもらったのだろう。それで、一瞬、「誰だっけ?」と戸惑ったのだ。

名前を呼べば、「そうだよ、ぼくだよ、どうしてすぐにわからなかったの? 水臭いじゃないか、もう」とでもいうように、道路に膝をついて広げたわたしの両腕の中に、改めて飛び込んでくる。

　この、改めて、というのが、なんともおかしい。こちらに少々距離がある時は、あちら（犬）も一応距離をとっているのだ。

「この猛暑でしょ、堪《こた》えるだろうと、ショートにしたんです。なんか、姿も顔も変わっちゃって、妙な感じ」

　そう言う飼い主さんの肩までの髪も、ショートカットになっている。涼しそうだ。わたしもカットしてこなくちゃなあ。相変わらず、モジャモジャの怒髪で駆けまわっている。美容院に行く時間がない、というのではなく、積極的にその時間を作ろうとしないことが原因。子どもの頃から、ひとつ椅子に長いことじっと座っているのが、苦手だった。そうして、その苦手を克服しようという努力をしないまま生きてきてしまった。

　美容院。静かなBGMを聴きながら座り心地のいい椅子に身を委ねると、優雅で落ち着いた気分になるはずだが……。そうなると、反射的にどうにも落ち着かなくなるわたしがいる。セカセカ性というか。

「あなた、子どもの時から、ほんとそうだったわよね」。子ども時代を知っている友人の言葉は受け入れるしかない。かといって騒々しいこと、浮足だった状態もまた苦手であるのだ。

知り合いの美容師さんには、いつも迷惑をかけている。ギリギリ限界、とならないと行かないのだから。

真夜中、モジャモジャ髪を自分でレザーカット。この髪型だもん、歪《いびつ》になってもわかりゃしないだろう。ところが余計まとまりが悪くなる。まとまりを目指したヘアスタイルではないのだが、乱調の中にも、まとまりはあるようで。

そして最後は、「ごめん、自分で切っちゃった」と、敬遠しているひとつ椅子に、長いこと座るはめになるのだ。

8月11日（2015年）、川内《せんだい》原発が再稼働した。「稼働」という、ひとつの椅子に座り続ける「エライ人」たちには、居心地のいい何かがあるのだろうな、きっと。

クリームソーダの夕

丸いテーブルを中に、彼女とわたしは向かい合っている。テーブルには赤と白のギンガムチェックのクロスがかかり、その上には銘々のクリームソーダが。

クリームソーダなんて一体、何年、いや何十年ぶりのことだろうか。時々ストローでソーダをすすり、時々は柄の長いスプーンでアイスクリームをすくって口に運び、さらに時々はお互い顔を見合わせ、意味もなく微笑むわたしたち。照れくさいような、懐かしいような、心の奥のほうからソーダの泡がシュワシュワと湧いてくるような時空。

知り合ったのは、Oh! 50年以上も前、10代の終わりのこと。30代で彼女が帰郷してからは、手紙、ファックス、そしていまではメールが彼女の近況を報せてくれる。が、こうして会ったのは7年ぶり。父母が営んでいた小さな雑貨屋を譲り受け、木の香りがする店にひとりで改装。年に一度は仕入れを兼ねて上京するが、彼女が東京滞在中にわたしは東京以外のどこかに行っているという按配。

「まるで古いメロドラマみたい。すれ違いばっかり」の日々だった。

時々は「愛犬とわたし」といった写真もメールで送られてくる。黒い大型のミックス犬で、名前はベア、確かに熊みたいなこだ。人間に酷《ひど》い目に遭った過去があるのか、なかなか懐かなかったベアも、いまでは、

「どこに行くのも一緒。すっごく親密。わたし、マンモスだって懐かせることができそう」

先日送られてきた写真の中のベアは、彼女の膝の上に頭をのせて安心しきった表情で寛《くつろ》いでいた。

「たまには会いたいね。ね、向かい合ってクリームソーダなんてどう？」

こうしてわたしたちは、旧盆が終わった東京で再会し、クリームソーダを前にしている。

10代の終わりにいた頃、こうしてクリームソーダを飲みながら、お喋りした。小説や映画について、友情について、男の子の話題の途中で話は、突然政治に

飛んだりもした。

アイスクリームが溶け出したソーダ水をストローで飲んで、彼女がふっと微笑む。目尻の皺《しわ》がとてもいい。若い頃の彼女もきれいだったが、わたしはいまの彼女のほうが素敵だと思う。その皺も白髪も、落ち着いたアルトの声音も。

こうしてわたしたちは、彼女が最終便に間に合う時間ぎりぎりまで向かい合っていた。

冗舌に近況報告をするでもなく、時折顔を見合わせて微笑しながら。

やさしく静かなクリームソーダの夕。

そうだ、今夜はアーウィン・ショーの短編『ストロベリー・アイスクリーム・ソーダ』を読もう。

彼女とわたしが飲んだのは、ストロベリーではなく、懐かしいグリーンのソーダ水だったが。

わたしの70代の時間に、こうした若い日々の時間が入りこんでくることがある。

「平和だなぁ」と感ずる時空が、危ない気配なのに。

がーん

急に涼しくなった。猛暑の夏、わが家にいる時の半ば制服化したタンクトップと短パンが、今朝などは肌寒く感じる。

百日紅《さるすべり》は咲いているのに、花生姜《はなしょうが》が白や黄色の花をつけているのに、季節は確実に新しい秋へと踏み出したようだ。

明け方から雨が降っている。晩夏と初秋が重なる日に降る雨だ。

「あーっ？　衝動買いしたあの夏服、まだ着てなーい」

ちょっと焦る。

先週のことだった。ひとつの約束と次の約束の間にできた、30分ほどの自由時間。ちょっと歩いてみたくなった。

そういえば最近、ウインドーショッピングなど、とんとご無沙汰。花屋さんを覗いて、これから会う人に小さなグリーンの鉢植えをひとつ買う。

ベビー・ティアーズ（赤ちゃんの涙）という名前で、一時ブームになった緑だ。もともとはソレイロリアという名だ。細いデリケートな感じの茎が這うように伸びて、2ミリほどの葉を密生させ、こんもりとマット状に広がってくれる。わが家ではハーブたちと一緒にキッチンの窓辺で育ってくれているお気に入りだ。これから会う彼女のキッチンにも似合うかもしれない。

「ベビー・ティアーズと改名したとたん、急に人気が出てきたんですよ」。花屋さんの、きれいなおねえさんが言っていた。確かに、ソレイロリアよりベビー・ティアーズのほうが親しみやすいし、覚えやすい。

ソレイロリアという「昔の名前で出ています」状態の時、わたしは何度聞いても覚えられなかった。いまも調べて、書いたのだ。さて旧名ソレイロリア、現在ベビー・ティアーズの小さな鉢を手に店を出ると、通りを挟んだブティックが目に入った。

白と黒、生成りのシンプルな服が見える。わたしの好きな、なによりも着やすそうな形の服ばかり。「SALE」のやや控えめの文字も好もしい。気がつけば、眩しいほど純白のプルオーバーを買っていた。猛暑の名残《なごり》を感じる日であり、2

日間だけ休みをとって高原に行く予定もあった。高原の朝にも夜にも似合いそうで満足。いや待てよ、高原の朝にも夜にも似合うと思ったけれど、どうせなら色違いのこれはどうだ？と手が伸びたのが、まったく同じ形の淡いグレー版。

これ以上は服は増やさない。手元にあるもので充分、と思ってきたのだが。しかし、その白とグレーバージョンのプルオーバーをまだ着ていないのだ。なのに、この涼しさ。ちょい焦る。

高原の朝夕に着たのではないか？　いいえ。11月に刊行予定の単行本をまだ書き終えることができずに……。結局は高原行きは延期。だから、着ていないのだ。もう！

ラタトゥイユの夜

調理にかけた時間と、それを食べることに要する時間は、決して比例するものではない。

「これでも、準備に小一時間はかかったんだからね。もう少しゆったりと、味わってよ」

旺盛な食欲を見せる女友だち4人に向かって、つい叫びたくなった。だって、あれよあれよ、という間だ。もっとも、外で食事をしようという提案に、「うちに来ない？ このところ外に出てばかりだったから、出るのがちょっと億劫なんだ」

そう誘ったのは、わたしのほうだった。

「最近、食欲が落ちてきたみたい。年のせいかな」

電話口では言っていたN子の、惚れ惚れするような見事な食べっぷり！ 準備した側としては、やっぱり嬉しい。

今夜は、例によって季節の変わり目の内輪の食事会。メニューは、去りゆく夏に敬意を表して、夏野菜のラタトゥイユ。この料理名を書くたびにわたしは、「ウ」を小文字にすべきか、「イ」をそうすべきなのか、いつも迷う。

料理とか調理とかいうが、実は冷蔵庫の野菜室の整理をも兼ねている。残っていたズッキーニ、オクラ、パプリカ、茄子、トマト、シシトウなどを使い切っただけ。薄切りニンニクを香りが立つまでオリーブオイルで炒め、その中に適当に切った夏野菜を放り込み、ローリエを1、2枚。ついでトマトジュースも加えて、炒め煮する。最後に塩胡椒を少し。わたしの場合は隠し味に、醬油を2、3滴垂らす。ただ、それだけ。フランスパンと共にでも、パスタにかけても美味しい。

豚ロースの薄切りは、間におろし生姜を少し挟み、数枚同じことを繰り返してあとはトンカツを作る要領。揚げれば、あつあつミルフィーユカツ完成。

天候不順で、わが八百屋にも葉ものが少ないが、ようやく入ってきたレタスが絶品。適宜に（なんでも適宜・適当がわたし流）手で切って、氷水に放す。パリッとしたら、揚げたスライスニンニクと焼き海苔を散らして和風ドレッシングを。

オリーブオイル＋醤油＋林檎《りんご》酢＋おろし玉葱《たまねぎ》。

といった按配で、冷蔵庫と冷凍庫にあるものだけで作った。

生産者の顔がまさにリアルに浮かぶ有機野菜は、腐らせるのも廃棄するのもいや。わが身に有罪を宣告したくなるほどで、在庫一掃セールのラタトゥイユは、この夏も頻繁に食卓に登場した。

デザートは、来年の夏までたぶん再会することはないであろう西瓜。

後片づけは、当然全員で。わたしはBGM係。アース・ウインド＆ファイアーの、懐かしの『セプテンバー』。ノリのいいサウンドに合わせて、銘々ステップを踏み、肩や腰を振る。

計353歳の宴である。

「年をとるっていいよね」

突如、F子が叫ぶ。

「今夜はそうしておこう」。23時にお開き。

彼女たちが帰った後、傘立てには3本の忘れもの。これも加齢からの、贈りものなのだろう。

まじつらたん？

「つらたん」ってご存知？　わたしはいままで知らなかった。

深夜に近い時間の一本の電話が、わたしの就寝時空を破ってくれた。

「ねえ、つらたんって、知ってる？」

「食べたことない。タンメンとかジャージャー麵のたぐいかなあ」

電話の女友だちは数歳年下。私立の女子大で英文学の教師をしてる。来週から後期の授業が再開されるというが、先日遊びに来た1年生がさかんに、「つらたん」を連発していたそうな。

「訊きゃあいいじゃない、彼女たちに」

「なんか、訊けない雰囲気だったんだ」

「いつも学生たちに言ってるじゃない？　わからないことがあるのが恥ずかしいことではない。わからないのにわかった風をするのこそ恥ずかしいって、さ」

どうやら10代や20代はじめの、主に女性たちの間で流行《はや》っている言葉であるようだ。こういう時は、インターネットのお世話になるしかない。

「つらたんの意味」とそのまま打ち込むと……。

即刻、お答えが。

ネット情報は不確かなものもあってあまり使わないのだが、こんな時は便利。インターネットがなかった時代、わたしたちはどうやって、このテの情報を得ていたのだろう。

むろん「つらたん」を知らなくとも、糠床かき回すのに不便だというわけではないが。ネットの答えは以下のようなものだった。

「つらたん」の「たん」には意味がないそうで、「まじつらたん」と、「まじ」（これぐらいはわかる）と「つらたん」がドッキングすると、「とても辛い」という意味になるそうだ。確かに、オックスフォードの大辞典にも広辞苑にも、最新版の国語辞典にも登録されていない言葉だ。

ネットを調べ続けると、「知らないとオヤジ認定される若者言葉」という項目も出てきた。

ますか？　オヤジ殿。

　「まじつらたん」に認定されるのは「オヤジ」ですか？　オヤジ殿。

　「随時更新」とあるところを見ると、こういった造語は次々に生まれ、ネットでも拡散していくのだろう。ほかにも「なうしか」というのもあった。『風の谷のナウシカ』を思い浮かべがちだが、「なう」はNOW、「いましかない」という意味だとか。「tkmk」は「ときめき」だって。知ってどうなる！とも思うが。

　それにしても、参議院で審議中の安保法案は？

　明日も国会周辺にわたしは行く。

　雨の中、「まじつらたん」ではないか？　いいや、つらたんではない。大人の責任として「つらたん」という言葉を使う世代に交じらせてもらって、異議申し立てをしてくる予定だ。

　「つらたん」なのは、ほとんどの法律の専門家が違憲と指摘し、これだけの市民が声をあげているのに、成立するという事実だ。

誰より年上？

あと1時間で読み終えて、書評を書き始めなければならない分厚い本が、わたしの目の前にある。しかし、さっきからページをめくる手は止まったまま。まずいじゃないか。時計を見ながら、少々焦り気味のわたしだ。夜明けまであと数時間しかないし、今朝は羽田から発つ。そろそろ書き出さないと間に合わない。書き出せば早いほうだと思うが、最終章を読み終えていない。文字が小さすぎるんだよな、といまさら文句を言っても仕方がない。

知り合いからの依頼だったので、調子よく「了解」と言ってしまったのだが、ゆっくりと読みこむ余裕がなかった。

だいたいこんなタッチで、というおおまかな流れはすでにできているのだが、さあ、どうする！

そう。こんな時に必要なのは適度な気分転換。が、熱いシャワーを浴びてもいまいちすっきりしない。もう少し余裕がある時なら、突然カレーを作り出して、キッチン中にカレーの匂いを充満させるところだが、今回はその時間もない。

気分を変えてくれる何かいい本はないか。書評をする本とはまったく違ったジャンルの、気楽に読めて、爽快すっきり風味の本は？

見つけた！『年をとることが楽しくなる１００３の言葉』。

２０００年に初版が刊行されているから、当時出版元から送られてきたのだろう。なるほどハハハ、と楽しく読んだ覚えはある。

たぶん受取人の年代を考え送ったのだろうが、15年前というと、わたしは55歳。母の介護が始まった頃のこと。三宅島の大噴火で全島民が避難した年だったという記憶で甦る。

なぜ覚えているかといえば、自然災害で全住民避難と言われても、介護が必要なひとやその家族はどうしたらいいのだろう、と母の寝顔を見ながら思った記憶があるからだ。

改めて年表を当たってみると、２０００年はシドニーオリンピックが開催された年。着メロとか待ち受け等のｉモードブームが起きた年でもあるようで、ストーカー規制法が公布され、ＢＳデジタル放送が開始された年でもあるという。ファッションでは、厚底ブーツとかミュールがブームとある。「腰パン」が流行り始めたとも。15年前、わたしはどんな服装をしていたのだろう。まったく覚えていない。シンプルで楽、自然素材という志向はいまも変わっていないが。

さて、辿り着いた２０００年、ミレニアムに刊行されたこの本。改めて頁を繰ってみると、タイトル通り加齢が楽しくなる言葉のオンパレード。

なにより嬉しくなったのは、これ！　この1行だ。

「時の権力者より年上」！

これこそ、加齢の醍醐味ではありませんか。悔しいほど非力ではあるけれど、こっちのほうが年上なんだ。ようやく辿り着いたこの年齢、愛してやらなくっちゃネ。問題の書評もスムーズに終えた。気分転換にはもってこいの言葉であり、事実である。

ファンタジー

声嗄《が》れ状態が続いていた。かなりハスキーな声になっている。

「ニューヨークのため息」と呼ばれたヘレン・メリルが愛唱したスタンダードナンバーなどが歌えそうな声だ。『You'd Be So Nice To Come Home To（帰ってくれたら嬉しいわ）』とか。

気持ちいいだろうな、低いハスキーヴォイスで、あの歌を歌いきることができたら。『バードランドの子守歌』なども素敵だ。

しかし、「歌えそう」というのと、実際、歌えるかどうかはまた別問題である。

それが、この際、問題であるのだ。

ジャズやスタンダードナンバーに関しては詳しいほうだと思うし、60年代のポップスやメッセージソングで感受性の産湯《うぶゆ》をつかった世代でもあるのだが。

ニール・セダカの『おお！キャロル』という大ヒット曲。歌の中の青年が恋したキャロルさんとは、当時彼の近所だかに住んでいた、かのキャロル・キングをモデルにしているとか……。

ノリのいい『You Are My Sunshine』は、後にルイジアナ州の知事になったジミー・デイヴィスが１９４０年に公開されたミュージカル映画で歌った曲とか……。彼が作ったか、権利を買い取った歌であるとか……。そのジミーの選挙の応援歌としても使われたとか……。

カーリー・サイモンのヒット曲『You're So Vain（うつろな愛）』……。カーリー・サイモンといえば、キャロル・キングやジョニ・ミッチェル等と並んで米国屈指の女性シンガー・ソングライターである。

彼女のこの歌、『You're So Vain』には、ミック・ジャガーがバックコーラスで参加しているとか……。はたまた、関係ないことだが、彼女の父親は米大手出版社サイモン＆シュスターの創始者であるとか……。歌の中で囁《ささや》かれる「son of a gun」とはあまり人前では使えない罵倒の言葉であるとか……。

「あなたって vain なひとね」、の vain とは、うぬぼれが強いとか虚栄心が強いという意味で、この歌では使われているのだろうが。

彼女にvainだと歌われたのは、前夫（かのジェームス・テイラー）だとか、ミック・ジャガーだとも言われているが、俳優のウォーレン・ベイティ説が強いらしいとか……。

これら真偽のほどはほぼ確認不能な情報の数々を、遠い昔、わたしはラジオから仕入れてきたのだが。

さて問題のハスキーヴォイスは残念ながら長くは続かず、従ってヘレン・メリル風に歌う機会もないまま、もとの声に戻ってしまった。

もともとわたしは、音程がうまくとれないのだ。子どもの頃からそうだったもんな。一度でいいから、ミッドナイトブルーのロングドレスなど身にまとい、ピアノにもたれてヘレン・メリル風でもカーリー・サイモン風でも歌えたら、どんなに気持ちいいだろう。

問題の声嗄れは、安保法案に異議申し立てをし続けた国会前の抗議行動からの贈りものである。

解く

晴れた朝は、まったく単純に嬉しい。

さあ、いくぞー。洗濯機を回して、陽射しを全身に浴びながら鼻歌混じりで洗濯ものを干す。

家事と呼ばれるもののすべてが好きというわけではないけれど、お陽さまと共にある時間は、なによりもの大好物だ。余裕がある時は、洗ったものでブルーのグラデーションの一角を作ってみたり、淡いオレンジのコーナーを作ったりしてひとり悦に入っている。

一体何やってるんだ？

青空のもとで乾いたシーツの気持ちいいこと！ いい夢が見られそうだ。夢の中で、すでに逝ってしまった敬愛する先達たちにも再会できたら！ この上なく息苦しいこの時代に、も少し気持ちのいい風を吹かせるには、どうしたらいいか。

先達の智恵をうかがってみたいものだ。

それにしても、並べて干したはずのソックスたち。どうしていつも片一方のどれかが行方不明になるのだろう。わたしの管理能力が欠如しているからだ。

管理といえば、久しぶりに会って食事をした女友だちとの会話がある。

「覚えてる？　ずっと以前、他者を管理するな、管理していいのは……」

と彼女が言い出した。それを受けて、わたしは続ける。幾度となく話題になっている。

「管理していいのは、自分のウエストぐらいだろう、と」

「それをあなた、エッセイに書いたよね、実行できてる？」。やなこと、覚えているもんだ。

「管理も監視も、嬉しくないね」

「確かに監視カメラが犯罪の解決に役立つ場合もあるだろうけれど、それだけわたしたちひとりひとりが、24時間、監視されてるってことだよ！」

ギンナンを摘《つま》み、ぬたや小柱の掻き揚げなど頬張りながら話は続く。

「その上、マイナンバー制度だ」

「この年になると、あらゆるそれらから自由でありたいと願うけど」

ね、ほら、と言って彼女は羽織ったジャケットの裾をちらっとめくってみせた。目が笑っている。

ウエスト、当然ゴムのパンツである。わたしも、右に同じ。管理監視社会に異議申し立てをするわれわれの管理下から全面的に解放されて……。胃袋も自由に膨らんでいった秋の夜。

「ウエストを管理するのはしばし放棄」

「たまにはいい」

「しょっちゅうのくせに」

……他を抑圧する精神は自由ではないとかいうフレーズがあったが……。過度の管理監視社会もむろん自由ではない。されるほうも、するほうもだ。

そういえば、わが家の洗濯ものの中から、少々窮屈そうなものはすっかり消えてしまった。食欲の10月だもんね。今夜は、いい夢見たいなぁ。

里の秋

関西から帰京して、まずはキッチンに直行。まだ陽は高い。だいたいがとっぷりと暮れてからの帰京が多い。明るいうちにわが家に戻れると、なんだか宝くじでも当たったような気分になるのだ。当たったことなど一度もないが。

さて、キッチンに直行すると、そこにはひと抱え以上もある大きな平籠の上に、秋からの味覚の贈りものがずらり。歓喜の「Oh!」である。留守中に並べておいてくれたのは、ここ数日、わが家に居候している遠縁の10代の女の子だ。柿、林檎、蜜柑《みかん》、葡萄《ぶどう》各種と、小粒だが艶やかな栗がどっさり。栗は、わたしが東京を離れている間に、長野の友人から届いたものだ。事前に彼女からファックスも入っていた。

「9月の末に後期高齢者とやらになりました」。見慣れた伸びやかなファックスの文字が懐かしい。

中年と呼ばれる年代を過ぎた頃に、一時療養生活を余儀なくされた彼女が、元気にその年代を迎えたことは嬉しい。後期高齢者という呼称には馴染めないが、まずはおめでとう！

「ずっと働いて、働いて」離婚も体験した。それでも働き続けて、自力で家も建てちゃったひとである。彼女自身、初々しくも弾むような素敵な文章を書く。いろいろな意味で敵わないな、と尊敬している。

「今年はじめての栗だ、食べたい」

遠縁の10代がせがむ。

「半日ぐらい水に漬けとくといいけど、ま、いっか」

残りは明晩、栗ご飯を作ることにして、大鍋に水を張ってパラリと塩を振り、ガスにかけてしまってから思い出す。圧力鍋を使うと、皮がすぐに剝けるのだった、と。これまた「ま、いっか」。

40分ほどで、茹で栗完成。しばらくはお湯に漬けておくといい、と教わった記憶があるが、10代はすでにアチアチと叫びながら、口に放り込んでいる。わたしは栗を数粒手にして、ベランダへ。そこには、この冬から来春、さらに来夏にかけて咲いてくれるはずの花々が種子から双葉を開き、育ってくれている。わが家の中でわたしが最も好きな空間だ。

♪しずかなしずかな　里の秋　お背戸に木の実の　落ちる夜は……と口ずさむと——。

「おせどって何？」

10代が訊く。

「裏口とか裏手とかいう意味じゃない？」

「2番には父さんが出てきて、3番では『とうさんよ　ご無事でと』と続くんだ。

……父さんは戦争に行っているんだよね」

安保法制に反対して友人たちとデモにも参加することがあるという10代である。

栗の皮と格闘しながら、空を見上げて、10代がつぶやく。

「ほんとに、秋だなあ」

『里の秋』の、あの父さん、無事、母子のもとに戻れたのだろうか。

319

いろいろあるじゃん

いつ頃、テレビが自分の家に来たのか、という話になった。ほぼ同世代3人でお茶を飲んでいた時のこと。

いまのいままで熱くなって話していた「メディアの自主規制」が突然、ゆるーい話題に。ゆるいのも硬い話題も、「どっちも好き」なわたしたちである。

生まれた時から家にはラジオがあった。新聞もむろん。その中でテレビだけは「あとから来たもの」だ。わたしはどちらかというと、原っぱ派アウトドア好みの子だったが、テレビはさすがに珍しくて、やってきた当初は、一日中つきあっていた。緞帳《どんちょう》のような垂れ幕が下がっていて、観る時はそれをあげた。それ以前は、

「蕎麦《そば》屋さんとか……」

「テレビのある友だちの家にツアー組んで押しかけて観せてもらってた」

それより以前となると、街頭テレビの時代だ。

「なんといっても、プロレス！　空手チョップ」

すぐに浮かぶのが力道山とシャープ兄弟のマッチ。シャープ兄弟は米国出身だと思いこんでいたが、調べてみたらカナダ出身。お兄ちゃんのほうは力道山に敬意を表して、息子に「リキ」という名前をつけたという情報も、おまけについてきた。街頭テレビといえば、白井義男のボクシング、世界フライ級チャンピオンをかけた試合も観たような。対戦相手は……。

「誰だっけ？」

「ペレス。アルゼンチンの」

きみも観ていたのか。薄紫のショールを羽織って静かにケーキを口に運ぶきみも、格闘技に夢中な時代があったのだ。

１９５３年にテレビ本放送は開始されたそうだが、当時のテレビは給与生活者の数年分のサラリーに当たる価格だっただろうか。いずれにしても高嶺の花。街頭テレビの前に人垣ができたのも当然。

当時の娯楽はみんなで共有するものであり、そこから生まれる会話もあっただろう。

時代は前後するが、コマーシャルソングなどもよく覚えている。

「ワッワッワッ輪が三つ、がコマーシャルソング初体験かなあ」

「カステラいちばん、電話は2番。ダイヤル式の黒い電話の時代だったね」

記憶に残る番組を並べたてる。『パパは何でも知っている』、若かりし頃のクリント・イーストウッド出演の『ローハイド』、『うちのママは世界一』等々。

「共有できる記憶がたくさんあるのも、加齢からの贈りもの、ということにしておこう」

「じゃ、現在進行形で共有できる体験は？」

しばしの沈黙の後、ショールの彼女、静かに曰く。

「白内障に腰痛に、終活について」

確かに、いろいろあるじゃん！である。

薔薇風呂

パソコンのワードですべての原稿を書いている。かなり早くからパソコンを使い始めたほうだ。が、もっぱら使うのは原稿を書くか、メールでのやりとり。実をいうと携帯電話でのメールさえできない。というか、できるようになろうという意欲が希薄だ。大きな画面とキーボードに慣れてしまった結果、携帯の小さな画面で文字を打つ気にはなれないでいる。携帯に送られてきたメールには帰宅してから大きな画面で返事を、ということになる。時差あり、で申し訳ない。iPadよりも、むしろ旧式のノート型パソコンのほうが、わたしには使い勝手がいい。

よく言われるが、パソコンを使うようになってから漢字の書き方を忘れた。ワープロ専用機時代から40年近く使っているから、この間にどれほどの漢字を忘れたことだろう。

たとえば「憂鬱」の「鬱」。いますぐここに書けと言われると、確実に戸惑う。それらしい形に近づけることはできても、国語の書き取りではバツだな、きっと。コマーシャルコピーにもあった気がするが、「薔薇《ばら》」という漢字も自信がない。憂鬱にしても薔薇にしても、片仮名や平仮名で書きたい場合もあれば、漢字でないと雰囲気が出ないと思える時もある。

そこで、薔薇の話である。

植物いっぱいのわが家ではあるが、薔薇は数本しかない。秋薔薇は春のそれに比べて花の色も香りも濃くて他の季節とは違う美しさがあるそうだが、わが家にあるのは一季咲きのもの。他に年に2度ほど見頃がある返り咲き、陽春から11月頃まで何度も咲いてくれる四季咲きと、開花時期も様々だ。子どもの頃、ご近所に淡いピンクの蔓《つる》薔薇がとてもきれいな、洋館があった。フランス窓にはレースのカーテンが揺れて、ピアノの音色が聞こえた。「ねこふんじゃった」を人差し指1本でしか弾けないわたしは、憧れたものだった。

先日、切り花の薔薇で有名な地域を訪れた。

「これ、お土産です」。手渡された箱の中には、色とりどりの朝摘みの薔薇が並んでいた。花のすぐ下でカットしたもので、「お風呂に浮かべて楽しんでください」

白、濃淡のピンク、薄紫のグラデーション等々。うっとり。

その夜、早速お風呂に浮かべて薔薇風呂をと思ったが、40度のお湯の中に突然ダイブさせるのは申し訳なくて……。底が浅めの大皿に並べて水を張り、観賞した数日間。入浴後はザルなどに並べ風通しのいいところに置けば、何度も楽しめるそうだが。

「薔薇風呂？　誰が！」

女友だちが受話器の向こうで叫ぶ。

まあな、70歳の薔薇風呂、本人も落ち着かない。

しかし薔薇もいいな。勢いで、来春到着予定の薔薇の苗木をパソコンで予約してしまった。一度はまってしまうと、凝りそうでなんかこわいなあ、だが。

伝える

今年はじめての木枯らしが吹いた。

真冬生まれだからというわけではないかもしれないが、冬は子どもの頃から好きだった。

現実の寒さは身にしみる年代になってしまったが、好きなのは寒さが連れてくる、きりりとした風景そのものなのかもしれない。

ひとと犬との早朝の散歩。どちらがどちらのお供かはわからないが（たぶん対等）、ひとも犬も白い息に先導されている。木々が葉を落とし、急に広くなった雑木林で見上げる高く青い空。スニーカーで踏みしめるふかふかの落ち葉。陽だまりの落ち葉の香ばしい香り。それらひとつひとつが、遠い記憶を連れてくる。

晴れた日の朝、郷里の家。快晴の日を選んで陽当たりのいい裏庭にはムシロが敷かれ、白菜が白いお尻を見せていた。ざっくりと四つ割りにして丁寧に葉を洗う井戸水は、外気よりも温かかった。

小さなわたしは、桶に収まった白菜の上に塩を振る役目。昆布とか柿の皮とか、祖母は「わが家」の味に凝っていた。近隣の若い女性から、「おばあちゃん、教えて」。そう言われるのが、何よりも自慢だったようだ。

ラジオからは、♪……白い花が咲いてた、と岡本敦郎《あつお》さんの伸びやかな声が流れていたのではなかったか。

柴犬のチロがいつも一緒だった。わたしがおなかにいた頃、母が近隣の林だか里山だかで拾ってきたと聞いた柴犬である。あの頃、チロという名の柴犬が多かった。お向かいにも、その向こうの家にもチロはいた。

「チロ」と呼ばれるたびに、それぞれのチロはそれぞれの飼い主の声を聞き分けていたのだから、大したものだ。時々間違ってシッポを振ってしまい、「いけね」とうつむいた犬はいなかったろうか。

大人が子どもにいろいろなことを教えてくれた日々。金魚の水を取り換える時期。渋柿を甘くするには。向こうズネが「弁慶の泣きどころ」とも呼ぶと教えてくれた大人は、誰だったろう。

それぞれの時の中、教えられたひとりの子どもは、教えてくれたひとりの大人を心から信頼し尊敬した。身近な大人がとても大きく、もの知りに思えた。そうして、そう思えるだけで、子どもはしあわせだった。

この秋、初挑戦した種子の種類にスカビオサ、西洋松虫草がある。他の苗と同じように元気に生育中だが、学生時代よく遊んだ信州の高原などで夏の終わりに出会うことの多かった薄紫の涼しげな花だ。

「松虫が鳴く頃に花をつけるから」と命名の由来を教えてくれたのは、3歳年上の女性だった。ジーパンと綿シャツがよく似合う素敵なひと。

数年前に定年を迎えた彼女は、沖縄に移住。基地反対の闘争に「ゆるやかに、確かにかかわる」日々を送っている。

小さな遊び塾を開いているが、ここにも子どもに伝えたいものを持った大人がひとりいる。

陽射しを浴びて

快晴の文化の日。

日中は汗ばむほどの陽気だった。

陽射しも強く、マフラーをとり上着を脱いで、と気がつくと、身軽になっていく感覚も楽しい。

「もう、脱ぐものなくなっちゃう」

と笑ったのは、作家の渡辺一枝《いちえ》さん。マフラーと上着をとり、いつの間にかTシャツ1枚になっている。幾つになっても、少女のような趣のある彼女である。

ずっと以前、夏の高原の朝、露をとめた薄紫の小さな花を無心に摘んでいた彼女の姿がふっと浮かぶ。

あの頃、お互い30代後半だったから、30年以上も前のことだ。

陽射しは、ひとの心も弾ませて、懐かしい記憶まで温めて運んでくれるものなのかも。

街路の銀杏《いちょう》並木は、すでに色づき始めたばかりもあれば、時折の風に葉を散らしているものもある。一方、11月だというのに旺盛な緑を茂らせている樹もある。いつも不思議に思うのだ。同じ場所にずっと「立っている」のだから、日照時間もほぼ同じであり、あまり肥沃ではないだろうが、住環境も同じはずだ。そこに銘々根を張りながら、それぞれがどうしてこうも違うのだろう。銀杏に限らず、欅《けやき》でも、落葉樹の不思議さに子どもの頃からとらわれてきた。不思議は、春と秋に訪れる。芽吹きの時と、落葉の時と。

「それぞれの個体差があって、年をとった樹と育ち盛りでは、樹の勢い、樹勢っていうんだけれど、違うんだよ」。小学校2、3年のわたしたちに、そう教えてくれたのは理科の教師だったか。

放課後の教室。黒板にチョークで「樹勢」と書いて、説明してくれた。個体差とか樹勢という言葉をはじめて聞いた。わたしの記憶に間違いなければ、それから教師はポケットから長方形の缶に入ったドロップを出して、わたしたちの掌《てのひら》にのせてくれたのだった。

「そうか、ひとも樹も同じかもしれないな」

子どもはそう納得したのだが、不思議は不思議のまま心に残り、年に2回、その不思議さに魅了され続けてきた。

長野に樹木医になった友人がいる。今度会ったら改めて訊いてみよう。

樹木医、という名前だけでなぜだか心躍る。白衣を着ているわけでも、聴診器をぶら下げているわけでもないのだが、そんな格好をしているように思えるから、おかしい。

快晴の文化の日。いろいろな記憶の断片と再会しながら、わたしたちは国会議事堂に向かって、政治への異議申し立てをしていた。

おむすびを頬張る子どもたち。太鼓（正式な名前は知らない）でコールのリズムを見事にとってくれる若者たち。

「そんなことをやって何が変わる？」

「ここが変わる」という確証は何ひとつないが、成果が見える時だけ行動するというのでは……。なんかケチだよな！と明るい光を全身に浴びながら思った午後だった。

朝の対面

時折血圧が急激にアップダウンする。もともとは低血圧気味だったが、睡眠不足や、ちょっと疲れが溜まった時など、突然のアップダウンである。

数日間、しっかりと睡眠をとると平均値に戻るのだが、医師からは、無理はできるだけ避けるようにと言われるようになった。しかし、暮らしていれば無理せざるを得ないこともあるしなあ。無理を惜しんで、長生きしたいか？と訊かれたら、わたしは首を横に振るだろう。普段は律義に暮らすほうだが、わたしの心の奥底には破滅的というか、投げやりな部分が潜んでいる。

いままで一度も大きな病気をしたことはないから、「まだやれる」「もっとイケる」と過信しているところがあるのかもしれない。

「ほどほどを知らない」と友人に言われるが、そう助言してくれる友人もまた同じようなタイプだ。類は友を呼ぶ、のだろう。

血圧アップダウンも「時には力を抜いて！」という、加齢からの警鐘と考えよう。急激な温度差は血圧には問題だが、朝一番、困ったことに止められない習慣がわたしにはある。そう、苗たちとの対面である。

外の気温はかなり低くなってきた。けれど水やりをしなければ、忘れな草だけでも出かける前に植え広げしていかなくっちゃ、なのだ。

黒種草（ニゲラ）もだいぶ伸びてきた。紫や淡いピンク、紅色といった八重咲きの花も素敵だが、細かく切れ込みが入った葉が涼しげで特に好きだ。花もいいが、葉がより好き、という植物もある。

この黒種草、花が終わった後に結ぶ実も小さな風船のようにぷっくりしていて魅力的。英語名では、love in the mist とか devil in the bush とも呼ばれているらしい。霧の中の愛という名は、細裂した葉の雰囲気でもわかるが、devil（悪魔）は、黒い種子からきた名前なのだろう。

まあな、愛にもまた悪魔的な側面があるしなあ。

他にも、かなり大きくなるまで「矢車草」と呼んでいた矢車菊。特に藍色の花が好きなのだが、丈も高くなって間もなく支えが必要になる。

ひと袋に数百粒も、細かい種子が入っていたロベリア。蒔き床に貼りついた苔のような状態から、「ロベリアです」とちゃんと自己主張するまでにいまは生長している。数百粒が入ったのを10袋蒔いたのだから、そのうち7割が発芽したとして、えーっ？　どんだけー？の世界だ。

宿根ネメシアはすでに小さな蕾《つぼみ》をつけているし、ノースポールはおひたしにしたら歯ごたえあって旨そうな葉を茂らせ、間もなく蕾もあがってくる気配。アリッサムはすでに開花しているほどだ。

といった按配で、いかに急激な温度差に注意と言われても、朝ごとのうっとりの時空を明け渡す気には到底なれない。そこでまずは血圧を測り、厚手のコートを羽織って外に。そしてコート不要の季節に花盛りとなるはずの苗たちと対面。

こんな朝をはずせない。

味噌汁

「やっぱり豆腐と葱だな。オーソドックス過ぎるかなあ？」

「わたしはジャガイモと玉葱。ジャガイモがとろとろと溶け始めた頃が、美味しいんだな」

「ジャガイモと干瓢《かんぴょう》も美味しいよ。わが郷土の定番」

「季節によっても違うよね？　夏なら、茄子と茗荷《みょうが》とか」

「冬は、大根と油揚げ」

「新キャベツの頃のキャベツの味噌汁も美味しい」

「けんちん汁もいいし、豚汁も美味しい季節になったよね」

どんな具の味噌汁が好きかという話に熱くなっている、ある夜のわたしたち、グループである。若い頃はどこそこのオニオングラタンスープが絶品とか言っていたのだが。いつもの女友だちの集まり。だいたいが半年に一度ほど、たっぷりの飲食とそれに勝るたっぷりのお喋りの宴である。

「温泉でやりたい」という声もあるのだが、そしてそれぞれが定年を迎えたりして、も少し時間の余裕もできるはずだったが。相変わらず忙しい。ＮＰＯ法人を立ち上げたり、様々な活動のまとめ役や事務局を引き受けたり、ボランティアを始めたり、といった按配。


そんな中での味噌汁談議である。出汁《だし》の取り方もそれぞれだ。

「時間がある時は、かつお節をせっせと削って」

「煮干しの頭と黒いはらわたをちょいちょいととって」

「昆布を一晩水につけといて」

同じ昆布でも、利尻、日高、羅臼など好みもそれぞれ。料理によっても変わる。なかなか奥が深い。


時間がない時、わたしは粉末の「安心無添加だしの素」を使ってしまうことを告白。まぐろ節、かつお節、昆布などを粉末にした便利なものだ。たかが味噌汁、されど味噌汁、である。

そういえば、各種味噌汁を揃えた、ちょっとおしゃれな専門店があったはずだが。「うちご飯」が何より好きになってからは、ご無沙汰が続いている。味噌そのものも、米味噌、麦味噌、豆味噌など各自好みが違う。わたしは玄米味噌が好き。

ところで、なぜ突然に味噌汁の話になったのか。半年に一度の宴のメンバーのひとりが入院し、間もなく退院する。それを祝って、うちご飯の宴を開こうということになったのだ。そこでメインディッシュは後回しにしたまま、「味噌汁、何にする？」。

そういえば、石川啄木のうたに、味噌汁をうたったのがあったなあ。

……ある朝のかなしき夢のさめぎはに
鼻に入り来し
味噌を煮る香よ……

１９１０年の作歌だが、啄木がその朝に見た「かなしき夢」とは、どんな夢だったのだろう。「かなしき」の、その内容が気になる11月である。

タイドプール

目覚めの縁で、今朝も懐かしいひとの夢を見た。夢の中でわたしは子どもだった。そして、懐かしいひとは大人で、その大人から何か教えてもらっていた。靴紐の結びかたとか。目覚めたあと、しばらくは優しい気持ちになっていた。どこか少しせつない気持ちもあった。せつないのは、夢の中の懐かしいひとがすでにこの世にはいないひとであるからだ。

昨日は九州の海辺の街にいた。夕暮れから講演があり、その前の自由時間で浜辺を歩いてみた。小さなタイドプール、潮だまりらしきものを浜で見つけた。引き潮の時に岩の窪みなどに海水がとり残されたところのことだ。小さな魚や透明な小海老などが生息していることもある。昨日見た窪みには、海藻がそれはきれいな緑色で揺れていた。

ひとの心にも、タイドプールはあるのかもしれない。絶えずその存在を主張するわけではないが、何かの拍子に、感情生活に光ときらめきを放ってくれる。目覚める際の優しい夢のようなものと似ているかも。

別の日、夜の福島駅。声をかけてくれたご高齢の女性は静かに言った。

「3・11と記号になったあの日。それ以降の日々をわたしたちはここで生きています。生きている限り、わたしたちの不安と悲しみは続きます。でも、悲しみから小さな希望を贈られることもあります。原発事故に遭わなかったら、少なくともわたしは、遠い国のひとたちの悲しみを自分に引き寄せて考えることはできなかったかもしれません」

彼女は、130人もの犠牲者を出したパリの同時多発テロについて触れた。

「犠牲者やご遺族。そして報復のための空爆で犠牲になるであろう市民たち。なぜテロが起きるのか。その大本にあるのは何なのか。シリアへの空爆ではパリと同じように、市民も被害を受けるでしょう。遠くの悲劇が、いまはとても近く、わたしの隣にあります」

彼女の言葉が、わたしの心のタイドプールにぽっかりと浮いている。

彼女が言うようにテロがなぜ起きるのかを、「遠く離れた」（と一見思えるが）わたしたちは考えたい。

「テロは許せない」と各国の首脳は力説する。当たり前すぎるほど当たり前のことだ。が、どんな言葉よりも、妻を失ったフランス人ジャーナリストのあの言葉、「きみたちに憎しみという贈り物はあげない」が心に響くのはなぜだろう。世界中のメディアが報道し、世界中から共感が寄せられているのはなぜだろう。多くのわたしたちはすでに気づいている。報復は、新たな報復を招くことであり、悲劇は再生産されることを。

しかし、「最愛の妻であり、息子の母である」唯一無二のひとを奪われながら、どうしたら、彼のような心情に辿りつけるのか。大きな力に対する抗いは大事にしながら、一方でわたしたちがいま、わたしたち自身に問うべきことは、彼はなぜ、あのような心境になり得たかではないか。深い哀悼と鎮魂、心のタイドプールを見つめる沈黙の中で。

林檎の季節

林檎を丸かじりしながら原稿を書いている。この季節、段ボールに詰められた林檎が送られてくる。昔は木箱だったが。

いま頬張っているのは、鳥取県の大山《だいせん》高原で育ったもので、硬くて瑞々しくて美味しい。この間までは青森と長野から旅してやってきた林檎たちもいた。

「お裾分けは、できるだけ早くに、ね。食べきれないとわかってから『どうぞ』は、差し上げる人にも林檎にも失礼だから」

亡くなった母がいつも言っていた口癖を思い出す。その訓《おし》えを娘は守って、せっせとご近所に届けたり、遊びにきた友人に「持っていく？　新鮮なうちに食べて」が、毎年の儀式となってきた。

林檎はそのままがぶりが好きだが、時々は真夜中に突如思い立ってジャムにすることもある。も少し時間に余裕のある時のおやつは、焼き林檎。

くりぬいた芯のところに、洗双糖やバターなどを適量詰めて、シナモンをひとふりふたふり。あとはオーブンにお任せ。

オーブンだと時間がかかり過ぎに思える時には、せっかくの形を崩してごめん！　と林檎に謝罪してから、輪切りにしてフライパンで焼く。砂糖とバター？　カロリー高過ぎという向き（わたしもそうだが）には、林檎とシナモンパウダーだけでも充分イケる。

ジャムや焼き林檎を作る深夜のキッチン。わたしが口ずさむのは、「♪わたしは真赤《まっか》な　りんごです／お国は寒い　北の国」。子ども時代によく歌った『りんごのひとりごと』だ。

武内俊子さんが作詩をされ、河村光陽さんが作曲されたあの童謡。武内さんは「♪村の渡しの船頭さんは」の『船頭さん』、「♪赤い帽子白い帽子　仲よしさん」（『赤い帽子白い帽子』）など、戦後間もない頃によく歌われた童謡を作られた。先の戦争が終わる年の4月に亡くなられているが、その年の1月にわたしは生まれたのだ。

ラジオから流れてくる『りんごのひとりごと』を歌っていたのは、「かわむら

じゅんこさん」。音でしか覚えていない。調べてみたら、

「河村順子さん」で、河村光陽さんの娘さんだった。

『りんごのひとりごと』は母も好きで、よく歌っていた。わたしは音程外しの名人だったが、母は歌がうまかった。

熱など出して食欲がなくなると、林檎をすりおろしてガーゼで漉《こ》した汁をのませてくれたっけ。

いましがたまで水仕事をしていた両手をこすり合わせて温めようとするのだが、冷たさが残る母の掌が、熱のある子どもの額には、とても心地よかった。

「あと一日、静かに寝ていたら、お熱、さがるよ」

割烹着姿の母が言ったように、不思議に治ったものだ。

敗戦から5、6年がたった冬の午後。微熱のあるぼーっとした頭で、子どもは簞笥《たんす》の上のラジオから流れてくる歌を聴いていた。その子が70代だぜ!

早めのクリスマス

金曜日の朝。目覚めてすぐに、「わっ、声が出ない」。声にしたつもりが、声にならない。

出てくるのは吐く息の音だけ。参ったね。

「ある朝、目覚めたら、巨大な虫になっていた」は、カフカの『変身』の世界だが……。目覚めたら、声を失っていた。その日は講演の予定が入っていたから、前の晩は網で焼いたぶつ切りの葱、あつあつのやつをガーゼに巻いて湿布もしたのだが、効果なし。喉の薬も効かなかったようだ。

以降、幾つかの講演は「吐く息」だけで凌《しの》いだ。ご迷惑と心配をかけてしまった。最近の性能がいいマイクは、おなかに力を入れて言葉を息にして吐くと、それなりに音を拾ってくれるので、助かった。

「すげー、凄みのある講演でした」。会場におられたかたから、そんな感想をいただいた。中身も凄みがあったはずだが、伝わらなかったのだろうか。

そういえば、以前にも声を失ったことがあった。40年以上も前のこと、ラジオ局に入社して、5年ぐらいたった頃だという記憶がある。

仕事はおもしろいものもあった。が、深夜放送を担当する女性アナウンサーの存在が珍しい時代だったから、やたら取材が増えた頃でもあった。取材「する」側から、気がつけば「される」側になっていた。もともと活字志望で、幾つもの出版社の試験に失敗してラジオ局に就職したのだから、活字にはとても関心があったはずだが……。

「初恋はいつ?」から始まって、「結婚は?」といった取材が続くと、いい加減げんなり。表に出ている印象は「やさしいおねえさん」風だったかもしれないが、性格はいまも昔も「瞬間沸騰型」。

そして、ある日。凄みのある低音で吠えていた。「それがあなたの人生と何か関係ありますか?」

関係あるはずもない。彼らにしても、個人的興味で訊いているわけではなく、こんな仕事やりたくねー、だったかもしれない。若気の至り、だ。

声が出なくなったのは、その頃だった。専門の病院を巡っても、原因は不明。しばらく、放送の現場を離れて、コマーシャルコピーなど書いていた。ある日突然、声は戻ってきた。ある種のストレスだろう、という診断だった。今回のはストレスではなく、風邪が原因だ。いまは少しずつ元に戻りつつある。声が出ないことがどれほど不自由か。改めて痛感させられた日々だった。病院に行っても、症状を伝えるだけで苦労、大変……。

先天的に、あるいは人生の半ばで声を失ったひとのために、手話通訳ができる看護師さんが少しずつ増えていると聞く。ありがたい。

わざわざ薬を届けてくれた友人知己。メールに次々に届いた様々な療法。ありがとう！　何よりもの、少し早いクリスマスプレゼントだよ、友よ！

70年代

週末には寒くなるようだが、今日は暖かで、薄手のネルシャツの上にセーターを着て、まだまだいけそう！である。

このチェックのネルシャツにジーパンをあわせ、履き慣れたスニーカーの紐をいつもより少しきつめに結べば、そのままデモにも「いけそう！」である。

学生時代も、冬といえば同じような格好をしていた。チェックのシャツにセーター、靴はやっぱりスニーカーかバスケットシューズだった。爪先が鳥のクチバシのように尖ったハイヒールを履くのは、誰かの結婚式ぐらいだった。

それでも、30代、40代、50代は肩パッドが入ったスーツを着たことがあったが、いまは完全に学生時代に戻っている。これで、こめかみのあたりを指先で少し引きあげ、ヒップを数センチアップ。体重を4キロ落として、そのままダッシュすれば、70年代に戻れそうな気がしないでもないが……。「駄目だ、息切れしちゃって」が現実だ。

米国の詩人であり作家であるエリカ・ジョングの自伝的フィクション、『飛ぶのが怖い』が話題になった70年代はじめ。そこから派生したコピーなのか、「翔《と》んでる女」などという呼称が誕生した。

「女自身の人生に、男社会が勝手に名前をつけるなんて、翔んでるどころか、トンデモナイ」と、柳眉にはほど遠いゲジゲジ眉を逆立てた世代がわたしたちだった。ま、世代だけで括ることはできないが。そういえば、わたしの女友だちってみな、眉毛が濃いみたい。「柳眉」系はほとんどいない。眉の濃さと反射的異議申し立ての姿勢は比例するのかなあ。

スウェーデン出身の男女4人のポップスグループ、アバの『ダンシング・クイーン』がヒットしたのも70年代。ヴィジュアルでおしゃれな雑誌『アンアン』が平凡出版（現マガジンハウス）から創刊され、続いて集英社から『ノンノ』が刊行。「アンノン族」という言葉も生まれた。

カーネル・サンダースおじさんが店頭に立つケンタッキーフライドチキンが日本に上陸。1970年11月第1号店開店（同社HP）。ファストフードの先鞭をつけたのも当時のこと。クリスマスシーズンは、見覚えのあるボックスを提げて、お父さん、家路を急いだものだった。

1年とほんの少ししか刊行されなかったが、筑摩書房から雑誌『終末から』が出たのも70年代。

井上ひさしさんの『吉里吉里人』は最初はこの雑誌に連載されたのではなかったろうか。

先頃亡くなった、野坂昭如さんを講師にお招きして、シンポジウムを主催したこともあった。

「面倒なことや危険なことはおじさんたちがまず声をあげるから、任せなさい。いつかバトンを渡すから」

照れながらおっしゃった言葉。カッコよかった。みんな、いなくなっていく。

２０１６

新しい年が始まった。確かに昨日の続きでしかないのだが、やはり幾つかの約束を自分とした。

約束は破られるためのものでもあるが、毎朝小一時間の早足ウォーキングの実行。去年のように松の内の挫折はなし、と決めた。「風邪気味だから」「昨夜は遅くて、寝不足気味だから」「今日はハードな一日になりそうだから」等々。言い訳は認めない。

1月1日には例年通り、リビングウィル、元気なうちの遺言書も書いた。これらについては近刊、『おとなの始末』に詳しいので、ご興味のあるかたはよろしく!と宣伝させていただきながらだが、例年の習慣を果たした。

基本的に大勢が集まる会は苦手で、敬遠しがちだが、暮れには小さな忘年会の幾つかに参加した。気のおけない友人たちとのカジュアルなそれだ。

加齢と共に、「おつきあい」風な会は、さらに遠くなっていくが、「この年になったら、好きにさせてくれぃ」と、こういう時、加齢は便利に使える！

参加したひとつの会で、年を重ねてから自らの存在をより花開かせた女たちの話になった。

まずは定番、グランマ・モーゼス、モーゼスおばあちゃん。本名はアンナ・メアリー・ロバートソン・モーゼス、米国の国民的画家だ。

12歳から働きに出て、特別な絵の勉強はしていない。

夫を見送ったあと、リウマチで不自由になった手のリハビリを兼ねて絵筆をとる。80歳で個展を開き、101歳で亡くなるまでに、千数百点の作品を残している。

一方、日本にも大道《だいどう》あやさんがおられた。「けとばし山」と名づけた埼玉の山のふもとに暮らし、生命力あふれる植物たちや動物たちを描き続けたかただ。地面をひょいと蹴飛ばすと、すぐにできるような小さな山を見ながらの暮らしだった。兄は「原爆の図」の丸木位里《いり》さん、義姉が丸木俊《とし》さん。

平坦な人生では決してなかったが、解放感あふれる明るい自作の絵について、あやさんは、次のように語っておられた。

小動物が跳ねまわり、花があふれるように咲いている絵を見れば、誰もが「平和はええのう、と思うじゃろ」。だから絵を描き続けるのだ、と。

　2016年を「どんな年にしたいか？」とよく訊かれたが、穏やかでやすらかな一年にしたいと心から願う。

　戦火の中で生きた子どものひとりは、「大人になったら何になりたい？」と訊かれてこう答えたということは以前にも触れた記憶がある。

「大人になったら、子どもになりたい。ぼくには子ども時代がなかったから」

　特別な才能とは無縁でも、「できることはまだまだあるよねー」という結論に落ち着いた忘年会、というか望年会。

　そしてまずは、早朝のウォーキングを持続することから。スタート良しの正月だが……。

ココアを飲みながら

ココアを飲みながら年賀状を読み返した。年始休みも終わって日常の暮らしが戻った夜のこと。

そんなことより原稿だろ！という声を心の奥に聴きながらも、再読を始めたら止まらない。

そうか。Kは介護中なのだ。一昨年父親を見送ったのだが、いまは「老母と共にある日々。やさしくしたいのに、心底そうしたいのに、きつい言葉で駄目出しばかり。自分がいやになります」。

水彩絵の具で描いた水仙の蕾《つぼみ》の絵も添えられている。小筆の先のような蕾も、すっと伸びた剣状の葉の濃い緑も美しい。

「傾聴ボランティアというと大げさですが、地域のお年寄りの話に耳を傾ける暮らしです。熱いお茶とどら焼きなど準備して待っていてくださるのです。72歳のわたしより、ひと回りも年上のかたがた。みな、戦争体験者で、二度と繰り返したくないねえ、と。そんなわたしを見て息子夫婦が、間もなく母さんだって、傾聴ボランティアの対象になる年齢だよって。年上のかたがたと一緒にいると、自分が年をとったことをなぜか忘れてしまう」

去年からキッチンの片隅で眠っていたホームベーカリーを使って、再びパンを焼き始めた。焼き立てを持参すると、とても喜んでくれる。「誰かの喜ぶ顔が、素直にわたし自身の喜びになることが嬉しい」

1．2．3とノンブルを振って、年賀状3枚を使っての、S子の近況報告である。

そういえば、購入したばかりの頃は盛んに使っていたわが家のホームベーカリー。キッチンのどこかで眠っているはず。もう少し時間の余裕ができたらフル稼働してもらおうと思いながら、長い冬眠中。続いて、年賀状入りの封書である。

「あなたに倣《なら》って、園芸をはじめました。これがなかなか奥が深くて、園芸系の本が書棚に次々に増えていきます。花咲か爺さんの日々は、続きます。今年はヒマラヤの青い罌粟《けし》を夢見ています」

去年、ほぼ50年勤めたメーカーを退職した彼は学生時代の仲間のひとりだ。一昨年、園芸好きな妻を見送っている。

「地べたに這いつくばるようにして球根を植えていた彼女と同じ格好をして、昨秋はチューリップやムスカリなどを植えました。今年は香りのする花をつける庭木も増やす予定です」

亡くなる前の年、妻とふたりでイングリッシュガーデンを訪れた記憶が「ふっと揺らぐ、心の支えになっているようです」。

一方、こんな賀状も。

「今年もまた、いつものところで会いましょう」

81歳の女性からのものだ。「いつものところ」とは、国会前のこと。抗議行動の常連さんだ。

賀状に垣間見えるそれぞれの暮らしと感情生活。

米国における薬物依存症者のシェルターの創立者、チャールズ・ディードリッヒの、あの有名なフレーズをかみしめる。

'Today is the first day of the rest of your life.

今日という日は、残りの人生の最初の一日!

よーしっ!

間もなくわたしは71歳になる。

「よーしっ!」である。何が「よーしっ!」なのかは本人にもよくはわからないが、腕を高々と挙げて「よーしっ!」である。

「この一年を、ま、手抜きせずに、丁寧に、かつ果敢にタフにデリケートに暮らしていこうじゃないか」。自分への、そんなひそやかなエールのようなものが、「よーしっ!」には集約されている。

誕生日が近づくと、女友だちから、例によって深夜の電話で決まって訊かれるのが、「ご感想は?」。

一方、男性からはほとんど訊かれない。同い年生まれの男性とはそういった話もするが、たぶん年齢について触れるのは女性に対して礼を失することになるのでは?という思いが男性にはあるのかもしれない。あるいは、関係ねえや、勝手にのさばれ、と思っているのかもしれないが。

講演などで紹介される時も、プロフィールにある生年をカットしてくださる場合が多い。

「……をご卒業後、株式会社文化放送に入社」と、わが人生は突然、22歳から始まる。

ま、目くじら立てることではない。せっかくの気遣いは、登壇してすぐに自分から年齢を明かして、裏切ってしまうのだが。

「気を遣わせて、ごめんよ」

である。

さて、「ご感想は?」という女友だちの電話やバースデーカードには、必ずと言っていいくらい、「またひとつ年を重ねましたね」といったような枕詞がついてくる。「また」と「ひとつ」の間に、「また、ひとつ」と点が入っている場合も、エクスクラメーションマークがついている時もある。ひとによっては「!」を7個ぐらいつけてくれる場合もある。それほど感嘆することじゃあないだろうが。誰だってひとつずつ年をとっていくのだから。

なんとも不穏で息苦しい時代ではあるが、無事に71歳を迎えられたことには心から感謝したい。

誕生日の夜は、女友だちがお祝いをしてくれるそうだ。ありがたいが、わが家でということなので、その前に彼女たちが通りそうなところを掃除しておかなくっちゃ。暮れに一応は掃除したつもりだが、すでにあちこちに資料やら本やらが散らかっている。

「だから外で食事をと言ったじゃない」と彼女たち。

このところ出無精モードに入ってしまって、仕事以外は外に出たくない。

「じゃ、少し早めに行って掃除やってあげる」

Ｏｈ！　大歓迎。

料理はまったく苦にならないが、嫌いな後片付けも「やってあげるから。誕生日だから」。

こちらも大歓迎！　図に乗って、「だったら、ほかの部屋も掃除してくれる？　誕生日だから」

と言えば、「調子に乗るな！」と至極当然の言葉が返ってきた。だよね。

一応、軽く掃除の助走をして、皆が集まった時に流すＢＧＭを選んで、メニューは、と準備中。

我慢の限界

去年（2015年）の暮れから我慢を続けているのだ。米国の大手映像配信サービス会社ネットフリックスが製作したオリジナルドラマ「グレイス&フランキー」。観るのをずっと我慢している。

暮れに親しい女性編集者から、「落合さん、絶対はまりますよ」と言われて以来、も、うずうず。30分ドラマらしいが、観始めたら、一話で止めておくことはできそうもない。それで珍しく、我慢、我慢。心置きなく全話一挙鑑賞できる日まで、我慢、我慢。

主役のグレイスとフランキーを演じているのは、あのジェーン・フォンダと、かのリリー・トムリン。ジェーン・フォンダと言えば、言わずと知れたヘンリー・フォンダの娘で、ニューシネマのヒーローだったピーター・フォンダのお姉ちゃん。ベトナム反戦運動の活動家としても知られた時代があった。一方、リリー・トムリンはコメディーを得意とする演技派だが、シリアスな役もうまい。

去年は『グランマ』（DVDでは『愛しのグランマ』という邦題になるらしいが）で、オスカー受賞が取りざたされたほどだ。

両者についてほんとは「女優」と書いたほうがわかりやすいのだが、オールドフェミニストとしては、性別でその職業の呼称が違うのはなんか変、と悩んでしまう。同一職種でありながら、スチュワーデス、スチュワードと分けられていた呼称が、客室乗務員に統一されて久しいし。

ジェーン・フォンダは昔、来日した時にインタビューをした。その時の印象をどこかで書いた記憶があるが、ハリウッドのセレブ風の中には日本人をどこかで「嘗《な》めてるナ」と思わせられるひともいる。口には微笑、目の端に微妙な差別のかけらチカチカである。自慢じゃあないが、わたし、この手の匂いに敏感だ。ジェーン・フォンダは当時、すごいヒーローであったはずだが、そんなところは微塵もなし。他方、リリー・トムリンについての心躍るエピソードを教えてくれたのは、米国でテレビ関係の仕事をしている友人だ。ロスに女性の本の専門店があった。わたしも訪ねたことがあったが、心地いい空間だった。そこが経営難に陥った時、リリー・トムリンは2晩だか続けてスタンダップコメディー（漫談のようなもの）をし、入場料を寄付したという話がある。真偽のほどを確かめる術はないのだが、リリー・トムリンの活動やコメントをフォローすると、「さもありなん」と感じさせる。

このエピソードについて、ご存知の読者がいらっしゃったら、教えてください！

さて肝心のドラマ『グレイス&フランキー』。70代を迎えたふたりがそれぞれの夫から離婚を持ち出される。それも夫同士が愛しあっているというのだ。それぞれの夫役がマーティン・シーンとサム・ウォーターストン。どちらもいい俳優だ。前者はアクティブな反戦主義者でもある。

あーあ、観たい！　も、我慢の限界！

あとがき

陽射しが明るい2月の朝
去年の秋に種子を蒔いたビオラやストックが
朝の光の中で見事な花をつけ、大きく伸びをしている
熱いコーヒーが入ったマグカップを手に
わたしはそれらを見ている
静かな深い時間だ
昨夜の闇が暗く冷たいものであっても
とにもかくにもこうして朝を迎えたことを
まずは祝福してやろうではないか！
人生は短く　けれど長い
ほかの誰も　あなたを生きることはできなかった

そうしてあなたはいま「老い」と呼ばれる季節を迎えつつある
人生のほぼフィナーレに近いステージの幕は
いまあがったばかりだ
もう　いいだろう？　好きに生きて
誰に遠慮がいるものか！
あなたの老いに　わたしのそれに　祝杯を！
心の裡の暴れ馬を　決して眠らせずに

2016年春

落合恵子

文庫版あとがき

5月27日。午前5時を少しまわったところだ。この季節の夜明けは早い。

こんな時間に小さな庭のガーデンチェアに座って、墨色一色だった周囲の景色がそれぞれの色を取り戻していく静かな推移をゆっくりと味わう。時の柔らかな流れの中に自分が居る、というか、居させてもらっているといった感覚だ。

コロナは依然として収束にはほど遠く（政治は何をやっているのか）、本書の中にも何度も登場した福島第一原発の収束も、はるかに遠い2021年をわたしたちは生きている。何がアンダーコントロールなのだろう！

5年前に刊行された本書に加筆修正をしながら、自分で気になったフレーズをいくつか拾い上げてみた。

……ひとは自分が見たいようにしか、他者を見ない。そしてひとは、自分が「見られてもいい」と許容したある部分しか、他者には見せていない……。（10

2頁）
「見られてもいい」は、無意識の選択である場合が多い。……現実はかくもロマンティックからほど遠い。しかし季節の変わり目に必ず読みたくなる数冊の本と、聴きたくなる数曲があるだけで、日々の景色は大きく変わる。（132頁）
2021年のいまでも、同じような暮らしをわたしは送っている。……彼が愛し、彼を愛したごく親しい人だけが集まったその席。みな、深い悲しみの中で、それぞれ自分が知っている彼と静かな会話を交わしていた。（141頁）
……わたしが理想とするのは多党制だ。二大政党がいいとは考えない。「二大」となると、その狭間で、小さな声たちは消されてしまう。（154頁）
……気がつけば、あっという間に、10年が滑り落ちている。時を掬う柄杓《ひしゃく》はないなあ。（194頁）
……朝顔の花を見ると、60年以上も前の子ども時代が、猛スピードで甦ってくる。（257頁）

いまは76歳の初夏である。相変わらず憤り、けれどそれを言葉にして共有できる（可能性があるかもしれない）デモの機会は、このコロナ禍で悔しいほど減っている。本書の中に登場する安保関連法（260頁ほか）は、成立してこの春に、5年が過ぎた。コロナもこわいが、コロナ禍の影に隠されるようにして、前政権、現政権によって粛々とすすめられるあれもこれもそれも恐ろしい。この厚い壁にどうやって風穴を開けることができるのか。

……いつもそうなのだ。こうして「ねばならないこと」がたまってくると、頭から袋をかぶって、逃亡したくなる。そうして、暮らしていくということは、日々、「ねばならないこと」に取り囲まれていることでもあるのだ。

しかし、わたしたちは「ねばならない」に縛られてはならない、と自分に言い聞かせる。「ねばならない」を超えて、心から望む「こうありたい」社会へと、1ミリずつでも、わたしは歩いていきたい。それぞれの「わたし」が「わたし」であることの、ささやかな、けれどかけがえのない誇りを素手で握りしめて。

緊急事態宣言下での「おうち時間」。東京駅や羽田からあちこちに行く日々はほぼなくなっている。

そのおうち時間とやらの中で、たっぷりと本を読む日々が増えた。書店主でもあり、もの書きでもあり、本に馴染んだ日々を送っているはずだが、電車や新幹線や飛行機のような揺れる空間以外で、じっくりと活字と向かい合う時間は単純にうれしい。それはそれで不思議な解放感のある時空でもある。そして、しみじみと体感させられた。本とは、過去と現在、そして未来という時間を自由に行き来するためのドアノブのようなものだ、と。垂直移動も水平移動もお気に召すまま。

そうして、この世界で、開いていないドアはまだまだたくさんある。従って、わたしたちの旅はまだまだ続く。

本書の続編とも言える『明るい覚悟——こんな時代に』を去年の秋に刊行、こちらもよろしく。もの忘れはさらに厳しく、鍋の底を焦がしては落ち込んでいる。それでも、わたしは今日を迎える。明日はわからないが、今日の中で、笑い、怒り、哀しみ、抗い、歌う。暮らしがよりシンプルになっていくことを歓迎しながら。

単行本が「文庫化」するあいだに、何人もの方々を見送っている。なかでも、なかにし礼さんの深くて果敢にして美しい晩年が時折頭に去来して、懐かしくもせつない思いに浸る時間がある。

本書の編集を担当してくださった、長年のおつきあい、矢坂美紀子さんに心から感謝いたします。そして、この本を手にとってくださったあなたにも、ありがとうございます。

2021年5月

落合恵子

初出　『週刊朝日』連載「老いることはいやですか?」
（2014年1月24日号〜2016年2月5日号）
対談末の日付は、『週刊朝日』での掲載号

質問《しつもん》 老《お》いることはいやですか？　朝日文庫

2021年7月30日　第1刷発行

著　者　落合恵子《おちあいけいこ》

発行者　三宮博信
発行所　朝日新聞出版
〒104-8011　東京都中央区築地5-3-2
電話　03-5541-8832（編集）
03-5540-7793（販売）

印刷製本　大日本印刷株式会社

定価はカバーに表示してあります

ISBN978-4-02-264999-7

落丁・乱丁の場合は弊社業務部（電話 03-5540-7800）へご連絡ください。

送料弊社負担にてお取り替えいたします。

朝日文庫

落合　恵子
決定版　母に歌う子守唄
介護、そして見送ったあとに

七年の介護を経て母は逝った。襲ってくる後悔と空いた時間。大切な人を失った悲しみとどう向かい合うか。介護・見送りエッセイの決定版。

池澤　夏樹
終わりと始まり

いまここを見て、未来の手がかりをつかむ。沖縄、水俣、原子力、イラク戦争の問題を長年問い続けた作家による名コラム。《解説・田中優子》

伊藤　比呂美
読み解き「般若心経」

死に逝く母、残される父の孤独、看取る娘の苦悩。苦しみの生活から向かうお経には、心を支える言葉が満ちている。《解説・山折哲雄》

茨木　のり子
ハングルへの旅

五〇代から学び始めたハングルは、魅力あふれる言葉だった——隣国語のおもしろさを詩人の繊細さで紹介する。

上野　千鶴子
おひとりさまの最期

在宅ひとり死は可能か。取材を始めて二〇年、著者が医療・看護・介護の現場を当事者目線で歩き続けた成果を大公開。《解説・山中　修》

内澤　旬子
捨てる女

乳癌治療の果て変わってしまった趣味嗜好。古本から、ついには配偶者まで。人生で溜め込んだすべてのものを切り捨てまくる！《解説・酒井順子》

内田　洋子
イタリアの引き出し
贈り物のベゴニア、海辺の風景、特製薄焼パン……イタリア各地の街角で出合った鮮やかな一瞬を季節の彩りと共にスケッチする。随筆六〇編の宝箱。

江國　香織
物語のなかとそと
書くこと、読むこと、その周辺。掌編小説とエッセイから、創作と生活の「秘密」がひもとかれる贅沢でスリリングな散文集。《解説・町屋良平》

遠藤　周作著／鈴木　秀子監修
人生には何ひとつ無駄なものはない
人生・愛情・宗教・病気・生命・仕事などについて、約五〇冊の遠藤周作の作品の中から抜粋し編んだ珠玉のアンソロジー。

岡　潔／司馬遼太郎／井上靖／時実利彦／山本健吉
岡潔対談集
根強い人気を誇る数学者にして随筆家初の対談集。碩学たちと語らう歴史・文学から哲学・宗教・美術・俳諧まで。講演「こころと国語」収録。

小川　洋子
ことり
《芸術選奨文部科学大臣賞受賞作》
人間の言葉は話せないが小鳥のさえずりを理解する兄と、兄の言葉を唯一わかる弟。慎み深い兄弟の一生を描く、著者の会心作。《解説・小野正嗣》

奥野　滋子
緩和ケア医から、ひとりで死ぬのだって大丈夫
病院でも在宅でも、痛みへの対処法、家族や友人、縁を結んだ人とのかかわり、病と死への向き合い方をアドバイス。《解説・玉置妙憂》

アレックス・カー
美しき日本の残像

茅葺き民家を再生し、天満宮に暮らす著者が、思い出や夢と共に、愛情と憂いをもって日本の現実の姿を描き出す。《解説・司馬遼太郎》

河合 隼雄
大人の友情

人生を深く温かく支える「友情」を、臨床心理学の第一人者が豊富な臨床例と文学作品からときほぐす、大人のための画期的な友情論。

久坂部 羊
老乱

老い衰える不安を抱える老人と、介護の負担に悩む家族。在宅医療を知る医師がリアルに描いた新たな認知症小説。《解説・最相葉月》

小池 光
うたの動物記

詩歌に詠まれた動物を生態、文化史とともに現代の代表的歌人がユーモラスに語る。日本エッセイスト・クラブ賞受賞のコラム。《解説・俵 万智》

ベアテ・シロタ・ゴードン／構成・文 平岡 磨紀子
1945年のクリスマス
日本国憲法に「男女平等」を書いた女性の自伝

日本国憲法GHQ草案に男女平等を書いたのは、弱冠二三歳の女性だった。改憲派も護憲派も必読、憲法案作成九日間のドキュメント！

獅子 文六
おばあさん

このひとには家族中誰も敵わない！ 昭和初頭のある中流家族を巡る騒動を、江戸っ子で明治生まれのしたたかな女性の視点で軽やかに描く。

田中　優子
布のちから
江戸から現在《いま》へ

歌麿が春画で描いた腰巻や下帯、バリの儀礼用絣グリンシン、日本の着物の生命樹の柄……。布はアジアでどう作られ、流通し、愛されてきたのか。

丁《てい》　宗鐵《むねてつ》／南　伸坊
丁先生、漢方って、おもしろいです。

病気や体についての南さんの質問に丁先生が縦横無尽に答える。漢方が西洋医学に敗けたワケから梅毒文化論まで漢方個人授業。《解説・呉　智英》

中島　京子
ゴースト

洋館に出没する少女、二〇世紀を生き抜いたミシン、廃墟化した台湾人留学生寮……。ユーモラスで温かく切ない七つの幽霊連作集。《解説・東　直子》

中島　たい子
院内カフェ

さまざまな思いを抱えて一息つけるやすらぎの場所、病院内カフェを舞台にふた組の中年夫婦の心と身体と病を描く。《解説・中江有里》

中村　祥二
調香師の手帖《ノオト》
香りの世界をさぐる

資生堂の調香師が、香水、スパイス、アロマテラピーなどの、香りが体と心に与える不思議な働きを語る。香りのことはこれですべてわかる一冊。

梨木　香歩
f植物園の巣穴

歯痛に悩む植物園の園丁は、ある日巣穴に落ちて……。動植物や地理を豊かに描き、埋もれた記憶を掘り起こす著者会心の異界譚。《解説・松永美穂》